幼子は秘密の世継ぎ

シャロン・ケンドリック 作

飯塚あい 訳

ハーレクイン・ロマンス

東京・ロンドン・トロント・パリ・ニューヨーク・アムステルダム
ハンブルク・ストックホルム・ミラノ・シドニー・マドリッド・ワルシャワ
ブダペスト・リオデジャネイロ・ルクセンブルク・フリブール・ムンバイ

THE KING'S HIDDEN HEIR

by Sharon Kendrick

Published by Harlequin Japan, a Division of K.K. HarperCollins Japan, 2024

シャロン・ケンドリック

英国のウエストロンドンに生まれ、ウィンチェスターに在住。11 歳からお話作りを始め、現在まで一度もやめたことはない。アップテンポで心地よい物語、読者の心をぎゅっとつかむセクシーなヒーローを描きたいという。創作以外では、音楽鑑賞、読書、料理と食べることが趣味。娘と息子の母でもある。

主要登場人物

エメラルド・ベイカー……カフェの経営者。
アレック・ベイカー……エメラルドの息子。
ルビー・ベイカー……エメラルドの双子の妹。
コスタンディン……ソフナンティスの王。
ルーリエタ……ソフナンティスの元王妃。
ロレンク……コスタンディンの秘書。

1

ロンドン

彼の体は窓から差しこむ早朝の光を浴び、淡い黄金色に染まっていた。力強い太腿が無造作にエメラルドの両脚の間、彼女が最も望む場所にいまだ固定されている。

一晩中、彼とともに過ごした快楽の余韻で体が火照っているなか、エメラルドのまなざしは彼に注がれ、人間がこれほど強くて美しくなれることに驚嘆していた。

「きみがそばにいると、とても眠れないな」

外国語訛りのある彼の声に、エメラルドはどう反応していいかわからずに顔を赤らめた。なぜなら、こんな経験をしたのは初めてだからだ。セックスの仕組みを理解するのは簡単だったが、感情的な面については厄介だった。けれど、議論の余地のない事実を伝えるのは、そんなに悪くはないかもしれない。彼女はそっと息をもらした。「すばらしかったわ」

「ああ、そうだな」彼が同意した。

彼女は彼の腕を指先で撫でた。「本当にそう思っている？」突然、開け放たれた窓から吹きこんだ空気がエメラルドの露出した肌に触れ、彼女は震えた。

「もちろん本当だ。しかし、どうして言ってくれなかったんだ？」

エメラルドは彼が何を言っているのかわからないふりをしようかと思ったが、彼の口調が突然氷のように冷たくなり、こういった男性は駆け引きをする気分ではないのだろうと本能が警告した。

こういった男性。

彼女は彼のような男性について、何を知っているのだろう。目に見えて明らかなことを除けば、ほとんど知らなかった。

彼はソフナンティス国の王子だ。億万長者で魅力的な彼は、あらゆるタイプの女性に追いかけられているのに、なぜか選んだのはエメラルドだった。それを理解するのはいまだに難しい。しかし、コロネードクラブのクロークルームで初めて彼に会い、カシミアの高級コートを手渡され、それと引き換えにチケットを渡したとき、彼女は彼の身分を知らなかったし、気にも留めなかった。彼女は彼のサファイアのような青い瞳を見つめ、すっかり心を奪われてしまったのだ。もちろん、そんな気持ちを表に出すほど、愚かではなかったが。

「それって、わたしがヴァージンだったことを言っているの、コスタンディン?」彼女は慎重に訊ねた。

「まあ、きみのデビットカードが使えなかったときの驚きのことを言っているわけではないな」彼は顔をしかめた。

エメラルドは、今の彼の言葉は二人の境遇がいかに違うかを示すためのものなのだろうかと疑問に思った。しかし、そんなことはどうでもいい。彼はすでに二人の関係は一夜かぎりで交際に発展しないことを説明し、彼女は気にしないと答えていたからだ。

魔法なんてめったにあるものではない。チャンスがあれば、それを素早くつかむ必要がある。だから彼女はそうして、人生で最も幸せな夜を過ごした。そして今、彼女は世慣れた女性を装い、二度と彼に会いたくないふりをしなければならないのだ。

2

ノーサンバーランド州エンブルトン

六年後

スクリーン越しに、彼の顔がエメラルドを見つめ返した。エメラルドは六年後に感じるとは思ってもみなかった痛みで心がねじれた。黄金色に日焼けした肌、烏（からす）の翼のような漆黒の髪。青いガラス片のような瞳は、半世紀前に彼の国を侵略した強力なギリシア人由来のものだが、官能的な唇はその数十年後にやってきたイタリア人の遺伝子によるものだろう。

まるでみぞおちを殴られたような気がして彼女がパソコンから目をそむけたとき、一緒に暮らしている双子の妹のルビーが小さなキッチンへと入ってきた。

「ニュースを見た？」ルビーが訊（たず）ねた。

エメラルドはため息をついた。彼女の前には冷たい紅茶の入ったマグカップと手つかずのトーストが置かれているだけに、答えは妹にもわかったはずだ。

彼女は顔を上げて、妹の心配そうな視線を受け止めた。「ええ、もちろん見たわ」そう静かに答えた。「インターネットには情報があふれているからね。何度も見ないように自分に言い聞かせたんだけど、なぜか目を逸（そ）らすことができなかったの」

「それはわかってる。問題は、あなたがどうするかよ」

エメラルドは頭のなかでコスタンディンのイメージを、その日何百回かめに思い浮かべながら、彼の姿に免疫ができる日はくるだろうかと疑問に思った。

「エメラルド、聞いてる？　どうするつもりなの？」ルビーが執拗に訊ねた。

　自分は本当に何かする必要があるのか。何もなかったことにはできないのだろうか。結局のところ、あの季節外れの凍てつくような寒さのロンドンの朝、別れ際のコスタンディンは、二度とエメラルドに会うつもりはないと告げた。彼は冷酷だったわけではないが、はっきりとそう言ったのだ。

〝エメラルド、ぼくのことを考えて時間を無駄にするな。ぼくは恋愛も結婚もするつもりはない。わかったか？〟

　もちろん彼女はそうするつもりでいた。彼は王子で、自分はクロークルームで働く一般人なのだから。一夜かぎりの関係だったのは明らかであり、それを明言した彼の誠実さに感謝すべきだと自分に言い聞かせていた。

　二人の情熱的な関係から数日後、コスタンディンの兄でソフナンティス国の王が狩猟中の事故で亡くなり、コスタンディン王子が王となった。そして、次に起こったことが、彼女に致命的な打撃を与えた。ハンサムな王子は結婚するつもりはないと彼女に言っていたにもかかわらず、不謹慎なほど急いで亡き兄の婚約者と結婚し、幸せな日々を送ることになったのだ。

　王宮が定期的に公開する歯が浮くほどに甘すぎる二人の写真を見て、エメラルドも世間も結婚生活はうまくいっていると思っていた。

　しかし違った。最新の報道は幸せとはほど遠いものだった。ソフナンティスの国王夫妻が、静かに、そして円満に離婚したのだ。夫妻はプライバシーを求め、それ以上の声明はないとのことだった。

　エメラルドはこのニュースを冷静に受け止め、自分の将来に影響などないと考えることもできたかもしれないが、コスタンディンはロンドンを公式訪問中だ。きらびやかな宮殿に閉じこもっているわけではない。運命は、彼女が数年前にやろうと思っていたことを実行する絶好の機会を与えてくれているのではないだろうか。

「わたしのアドバイスは――」そのとき、ルビーの声が彼女の思考に割って入った。「彼に近づかないほうがいいということね。それに、彼はあなたに会いたがらないと思う」妹は、エメラルドが傷つくほどの率直さで言った。

「ええ、そのとおりね。でも、わたしの気持ちは関係ないの」エメラルドは唇を舐めた。「重要なのは、彼は息子の――アレックの存在を知らない。知る権利があるということよ」

「考えてもみて！」ルビーが食い下がった。「彼は王で、世界で最も権力のある人物の一人なのよ。それに、あなたと寝た数週間後に妻を得ることで、いかに思いやりがないかをすでに示している。もし、あなたが息子と一緒に彼に会いに行けば、アレックが奪われる可能性があると思わないの？」

「そんなことにはならないわ」エメラルドは断固としてそう主張したが、自分自身を納得させるために言った言葉に恐怖を覚えた。「たとえ相手に権力があるからといって、子どもを奪われたりするわけないはずよ」

「本当にそう思ってるの？　何か忘れてない、エミー？　世界で最も裕福な男性の一人であるにもかかわらず、彼が持っていないものは何？　お金で買えない唯一のもので、王にとって特別重要なもの。継承者となる息子よ。世界一利口でハンサムな少年アレックに会えば、彼はどんな犠牲を払っても手に入れたくなるわよ」

「考えすぎじゃない？」エメラルドは不機嫌に返した。「アレックは連れていかないわ。一人で彼に会いに行って、事実を伝えようと思っているだけ。彼が独裁的で支配欲のかたまりのように思えたら、そのまま立ち去るわ」

「でも、彼がそんなタイプだったら、最初からベッドをともにしなかったでしょう?」

　もしエメラルドが、あの忘れられない一夜を過ごしたとき、彼のことをほとんど知らなかったと告白したら、ルビーはなんと言うだろうか。魅力的な王子との関係について、正確には嘘をついてはいなかったが、とくに率直に話したこともなかった。勤務先のロンドンの高級クラブで雑談を交わす程度の関係だった男に妊娠させられただけで、エメラルドはそのことを少し恥じていた。

　アレックを奪われたらどうすればいいの? 妹と同じ心配をしながらも、エメラルドはコスタンディンに彼の息子のことを話さなければならないとわかっていた。この秘密が彼女の心に穴をあけるのをこれ以上長く放っておくわけにはいかないし、アレックに父親の存在を隠しつづけるのもためらわれた。

　コスタンディンに近づくのは難しい。彼は王位に就く前のように、簡単に動き回ることはできなくなってしまった。彼女はインターネットで、国王がイングランドでかかわる公式行事が載っているページにアクセスした。今夜はバッキンガム宮殿で国王を讃える晩餐会。明日は陸軍士官学校を卒業する士官候補生たちのパレードを見学する。彼女の視線はページをたどっていき、こう書かれた部分にたどり着いた。

『国王はロンドンのストランドにある古巣の会員制クラブで、プライベートパーティーを開催する予定だ。コロネードクラブの会長は、国王がかつてのお気に入りの場所のひとつを再訪することを〝興奮し、光栄に思う〟と公言した』

エメラルドは急いでコンピューターを終了し、妹の視線から逃れるように二階に運んだ。

　彼女が息子と双子の妹と暮らしている質素な家は寝室が三つあると説明されていたが、どんなに楽観的な人でも、エメラルドの部屋はただの納戸だと言うだろう。アレックがいちばん広い部屋で、ルビーがその次に広い部屋を使っているが、エメラルドはそれでも構わなかった。というのも、予定外の息子の誕生により、姉妹の生活を混乱に陥れた責任があるからだ。それに、アレックが学校に通うようになってずいぶん楽になったとはいえ、彼女は妹に頼っていた。

　エメラルドは目を閉じ、最愛の息子の漆黒の頭が教室で熱心に本の上に覆い被さっている姿を想像した。すると、ふいに不安の震えが生じた。彼女の息子の人生が一変しそうで、突然怖くなったのだ。

　彼女はスマートフォンを手に取り、もう何年も使ったことのない番号をスクロールした。最初にかけた電話は使われておらず、二度めにかけた電話には誰も出なかった。しかし、三度めの電話で、聞き覚えのある女性の声がした。

「エミー？」その声は怪訝そうに言った。「あなたなの？」

「ええ、そうよ。元気だった、デイジー？」

「元気よ。いったい何があったの？　煙みたいに、いきなり消えちゃって」

　エメラルドの胸の鼓動が速まった。そんな質問には答えたくない。彼女がロンドンを去ったとき、誰も妊娠していることを知らなかった。「都会を離れて田舎暮らしをすることにしたの。ノーサンバーランド州のエンブルトンで、妹とカフェをはじめたのよ」エメラルドはそこまで話すと、ためらいがちに続けた。「もしかして、まだコロネードクラブで働いているの？」

「ええ、そうよ。昇進もしたわ。今はスタッフローテーションの責任者なの」

「まあ、おめでとう」

「ありがとう。みんなあなたがいなくて寂しく思っているのよ、エミー」

エメラルドは咳払いをした。「来週ロンドンに行くの。実は……少しお金に困っていて、クラブのシフトに入れてもらえないかしら」

デイジーが返答するまで、少し間があった。「そうね……」彼女は、人が何か話すべきでないことを話そうとするときのように、声を落として続けた。「ソフナンティスの王になる前、ここの会員だったハンサムな王子を覚えている？」

エメラルドの脳裏に、漆黒の髪とサファイアのような青い瞳、それに鍛えられた体躯が浮かんだ。そして、その力強い体が、彼女の裸体にのしかかった光景が。彼女はそれらの記憶を振り払うと、口を開いた。「ええ、なんとなく」

「彼はここで大きなことを企画しているの。一種の思い出旅行みたいなものね。昔なじみのメンバーを招待したプライベートパーティーが開催されるから、そのために人手が必要なの。派遣スタッフなんかじゃなく、信頼できる人がね。ロイヤルファミリーが相手ならなおさらよ」

エメラルドは急に息苦しくなった。このようなチャンスは、あまりにもできすぎに思えたからだ。

「本当にありがとう」エメラルドは口ごもりながら言った。「借りができたわね、デイジー」

「土曜日の午後五時ごろに来てちょうだい。制服を用意しておくわ」

コスタンディンは、古巣の会員制クラブのパーティー会場に群がる大勢の人々を見回した。戻ってきたのは間違いだったのだろうか。どうにかして、かつての自分を取り戻せないものだろうか。なぜなら、不本意にも王という責任に縛りつけられるまでは、ここロンドンで自由を味わっていたからだ。

彼は、今では遠い夢のように思えるライフスタイルを思い返した。自分の称号を軽んじていたため、比較的無名で世界中を飛び回ることができたあの幸福な日々を。王になるつもりなどなかったのに、なぜそうなってしまったのだろう。自らの努力によって築き上げたビジネスは報われ、地球上で最も裕福な男の一人となった。そして周囲の人々から、彼の出自ならもっと楽な選択肢があるに違いないのに、なぜそこまで一生懸命働く必要があるのかと訊ねられると、ただ肩をすくめ、根拠のない推測をいくらでも許した。

コスタンディンは、父が情緒的な弱さによって破滅し、兄が貪欲さや逸脱行為によって堕落していくのを目の当たりにしてきた。だからだろうか、祖国王室の財源の恩恵にあずかるよりも、自分の道を切り開くほうが彼にとって名誉なことに感じられたのは。彼は父や兄のようになりたくなかった。残酷な運命に邪魔され、王室の義務という強力な磁石に吸い寄せられるまでは、自分の力だけで生きていこうと考えていたのだ。

ロンドンの歴史あるクラブの名前の由来となった大理石の柱を眺めながら、彼は周囲をちらりと見回した。この有名なクラブは、裕福な人々や有力なコネクションを持つ人々のための拠点だが、コスタンディンにとっては、身分を気にせず人々と会うことができるかけがえのない場所だった。というのも、彼はここでエメラルドに出会ったからだ。彼の心と体を吹き飛ばし、普通ではない行動をとらせた女性に。エメラルドより前は、同じような身分の女性としか付き合ったことがなかった。そのほうが楽だったからだ。しかし、彼はその魅力的なクローク係に、自分のなかで厳格に区分けされた階級意識を破壊され、記憶にあるかぎり最もセンセーショナルな一夜を過ごさせてもらった。

そして、その魅惑的なブロンド女性は、信じられないことにヴァージンだった。

コスタンディンは自分の境界線について警告し、彼女はそれを厳粛に受け入れた。彼女の純潔を奪ったという事実に彼は一時悩まされたが、かすかな良心の呵責は単に自分のらしくない行動を正当化するためのものだったのではないかと考えていた。けれど、曲線美を誇る小柄なブロンド女性との記憶は今も強く残っていて、彼は思い出すだけで痛みをともなう体を和らげるために、彼女ともう一晩、なんの制約もないセックスをすることを空想していたのではなかったか？

それが、この場所を選んだ理由のひとつだったのでは？

「マイルス・ブキャナン夫妻があちらにおられます、陛下」彼のそばに付き従う秘書のロレンクが、静かにこう言った。「彼らが最近、あなたの財団に多額の寄付をしたことを覚えていらっしゃいますか？きっと陛下にお会いしたいと思っているでしょう」

「もちろんだ」コスタンディンは苛立ちを気取られないように言った。なぜなら、自分自身の退屈を抑えることができないなら、そもそもなぜこんなパーティーを開く必要があったのかと思っていたからだ。「彼らを連れてくるんだ」

「承知いたしました、陛下」

コスタンディンの目は、ロレンクが部屋の隅にいる魅力的なカップルに近づいていくのを無意識に眺めていた。彼は自分の考えに没頭していたため、背後から近づく者にまったく気づかなかった。

「失礼します、陛下」女性の声に、コスタンディンは我に返った。離婚のニュースが公になって以来、彼は女性に対して無表情を保たなければならなかった。なぜなら、王の妻の座を狙う者たちは、断固とした態度で臨んでくるからだ。

彼は、王室の儀礼を破る者が自分に近づくことを、拒否するつもりで振り返った。けれど、ハート形の顔と大きな緑色の目を見た瞬間、冷静さは消えてしまった。最初は、心のいたずらなのか、エロティックでノスタルジックな思考が幻影を呼び起こしたのかと思った。けれど、目の前の女性は幻などではない。彼の目は驚くべき色合いの髪をとらえた。とうもろこしのような、太陽の光のような金色だ。豊かで絹糸にも見える髪は頭の上できちんと結ばれているが、その髪が自分の胸の上に広がる光景を彼はよく覚えていた。

「きみは……」彼は何も考えずに口を開いた。王の言葉はさまざまな憶測を呼ぶと知っていたため、いつもは自分の発する言葉に気を配っていたはずなのに。

「こんばんは、陛下」

彼女は酒ののったトレイを差し出したが、彼はグラスには目もくれず、彼女の小柄な体を包む糊の利いた白いシャツと、体にフィットした黒いスカートに目を奪われた。モノクロームの制服は、彼女の胸の甘美な膨らみや、素朴な女性らしさを隠すことはできなかった。手のひらで彼女の腰を固定し、信じられないほどの締めつけのなかにゆっくりと身を沈めていく感覚を思い出しながら、あまりにも長い間、拒んできた飢えの強さを感じながら、彼は胸を高鳴らせた。

「エメラルド」

「よかった」エメラルドは安堵の表情を浮かべた。「わたしの名前を覚えていてくれたのね」

「別に難しいことではない」脚の間で脈打つ強力な欲望を抑えようとして、彼は素っ気なく答えた。

「それに、きみは名札をつけている」

「そのとおりね」彼が名札から目を離すと、彼女のクリーム色の頬にほのかな色が浮かんだ。

「そして、とても珍しい名前だ」彼は静かに付け加えた。

「コスタンディンも珍しい名前よね」

公衆の面前で彼をそう呼ぶのは明らかに儀礼違反であり、彼女がそうする権利があると感じた理由が理解できない。二人の視線がぶつかり合い、彼女の頬がさらにピンク色に染まると、コスタンディンはできるだけ丁重に彼女を退けるのがいちばんだと思った。彼はもはや、クロークと呼ばれる小部屋で、彼女を見かけるたびにちょっかいを出していた男ではない。彼女の下着を歯で剥ぎ取ったことで、くすくす笑わせた男でもない。彼が王である今、物事はまったく違うのだということを思い出させる必要がある。

そして、彼女に対するほとんど原始的な欲望を覚えている今、彼自身もそのことを思い出す必要がある。彼女のような女性と付き合うのはもはや適切ではないと、自分に言い聞かせた。けれど、時代遅れの義務を追求するために、他の男たちが当たり前のように享受していることを、彼は王になったことで不必要に否定してきたのではないだろうか。昔のよしみで、彼女と話すくらい構わないはずだ。

「きみはまだここで働いていたんだね。いずれはロンドンを出ると言っていなかったか？」

「ええ」彼女の瞳の上で、長いまつ毛がまたたいた。

「覚えていてくれたなんて、驚いたわ」

「ぼくが何を覚えているか知ったら、もっと驚くはずだ、エメラルド。きみは何を覚えている？」

コスタンディンは、彼女の目が暗く陰り、唇が開くのを見た。それは、彼が忘れようとしていたことをあまりにも鮮明に思い出させた。彼女の肌の感触や、彼女の口に包まれた感触。それに、彼女の奥深くに入っていくときに彼の名を叫ばれたときのこのうえない感覚を。彼女とのセックスは、それまでの経験とはまったく違うものだった。

「あなたの記憶力に匹敵できると確信しているわ」

「そうなのか？」コスタンディンは挑発するような口調で返した。

彼女の目はまるで共犯者のように輝き、コスタンディンの鼓動は高鳴りはじめた。彼はこれからしようとしていることについて、内心で言い訳をはじめた。彼の一生は、定められたレール上だけで費やされるべきではない。エメラルド・ベイカーは一般人にもかかわらず、彼が望むような慎重な女性であることを証明し、二人の熱い夜は誰にも気づかれずにすんだ。王室のネタ探しに躍起になっている新聞のコラムニストたちからも、その後の結婚に波紋を投げかけるたぐいの記事は出てこなかった。この小柄なブロンド女性は、二人の短い、そして非常に満足のいく関係の完璧な候補者といえるだろう。

コスタンディンの口のなかがからからに乾いた。彼女がまた応じるかどうかを確かめるのは、簡単だ。約束もなければ、愛の言葉もない。二人の大人は、自分たちが何を望んでいるのかを知っていればいいだけだ。そのとき、二人のほうにロレンクが歩いてくるのが見えた。コスタンディンは、急いで気を引きしめた。

「陛下、お飲み物はいかがですか？」彼女は突然、自分が何をすべきかを思い出したかのように、トレイを彼に差し出しながら丁寧に訊ねた。

「いや、今は結構だ」コスタンディンは首を左右に振ると、指をかすかに立てて、秘書に近づくなと静かに警告した。「このクラブで出されるワインがどれほどまずいか、すっかり忘れていた」

「仕入れ担当者があなたがそう言うのを聞いたら、

とてもがっかりするでしょうね」

「ところで、あとで会うことはできないか？」彼は急いで続けた。「他に用事でもなければ、だが」

彼は、エメラルドの美しい瞳に理解できない感情が浮かんだのを見た。コスタンディンは顔をしかめたものの、彼女の唇の甘美なラインが、一瞬の不穏な感覚から彼の気を逸らした。

「用事は何もないわ」彼女は答えた。「実のところ――」

エメラルドが何かを続けて言おうとしたのを、彼は手を振ってさえぎった。「話さなければならない人々がいる。シフトは何時までだ？」

「十一時よ」

コスタンディンはクラブ創設時からある振り子時計を見つめながら目を細めた。彼女の仕事が終わるまでここで待つつもりはない。彼はこれまで女性を待ったことがなかったし、これからも待つつもりはなかった。彼女がシフトを終えるまで、二階の図書館を利用できるようにしてもらい、新聞でも読んでいよう。

「きみが上がる時間に、この建物の裏に車を回す。でも、できるだけ目立たないようにしてくれ。ぼくたちが会うのを、マスコミに嗅ぎつけられたくはない」

「ええ、わかったわ」彼女は明るく答えて背を向けたが、まるで手が震えているかのように、トレイの上のグラスがかちゃかちゃと音をたてていることに、彼は気づかずにはいられなかった。

3

エメラルドの胸の鼓動は、クラブ裏手のスタッフ用出入り口から出て、物陰に止まっているリムジンと、そのすぐ後ろのボディガードが乗っているらしきもう一台の車を見つけたときから高鳴っていた。彼女は制服を着替えていたとき、深夜に会うことに同意するよりも、日の光の下で会うよう頼むべきだったのかと思い悩んだ。しかし、日中に会いたいと告げれば、断られただろう。彼ほど重要な人物に、彼女の望みを期待するのは不適切だからだ。

これ以上、思い悩まず、さっさと終わらせてしまおう。エメラルドは彼といちゃつくためにここにいるわけではない。冷静沈着でいなければいけないとわかっている。しかし、妹から借りた慣れないハイヒールで少しふらつきながら車に向かう彼女の口は、からからに乾いていた。

〝国王に会いにロンドンに行くんだったら、安物のスニーカーなんて履いていけないでしょ。わたしのワンピースも一着持っていくほうがいいわ〟ルビーにそう言われたが、妹と違っておしゃれではないエメラルドは、服まで借りることに抵抗があった。それに、自分を偽者だと思わせないようにすることも重要に感じられていた。

働く母親として、エメラルドはいつもは快適な服装を心がけ、長い髪を後ろで束ねていたが、今夜はルビーに言われるまま下ろしていた。けれど、あいにく季節外れの寒風にさらされて髪は乱れているし、ジャンパーとスカートはまるでアルバイトの面接に行くかのように思えた。

しかし、そんな不安にもかかわらず、その夜は予想以上にうまくいっている。待ち合わせを提案したのは、彼女ではなく国王のほうだったからだ。とはいえ、エメラルドは怯えていた。彼女がこれから話すことに彼がどう反応するかが怖かった。それに、あれから数年経った今でさえ、彼にどんな感情を抱かせられるかも怖かった。

　六年間も誰とも関係していなかった体が、突然こんなふうに生き生きとしはじめるなんて思わなかった。コスタンディンがエメラルドの名札に目を落とした瞬間から、胸のうずきは止まらなくなった。なぜ僅かな会話とまなざしだけで、そんなふうにさせられたのだろう。

　時が経つにつれ、彼の魅力に免疫ができてきただろうかと考えることもあったが、今夜その答えが出た。抗える日などくるわけがなかった。彼は以前よりカリスマ性が増したように見える。きっと、王となった彼にとって権力は媚薬なのだ。コスタンディンは国を支配する絶対的な権威を手にし、それが暗い美貌と相まって、彼をさらに魅力的にしたのだろう。

　今夜、コロネードクラブに彼が現れたとき、会場全体が静まり返った。男性も女性も、飢えたような、あるいは好奇のまなざしで彼を見定めていた。エメラルドは、彼が以前とはどれほど違って見えたかを考えずにはいられなかった。外見は確かに同じなのに、同じ男性だと認識するのは難しかった。彼の双眸は冷たく、唇は引き結ばれ、誰に対しても容赦がないように感じられた。まるで、新しい肩書きが彼を世界から切り離しているみたいだった。

　運転手が開けてくれたドアから後部座席に滑りこみながら、エメラルドはこれがどれほど非現実的なことかを考えた。強大な権力を持つ王に、息子が生まれたことを報告しようとしているのだから当然だ。しかし、伝える瞬間は、慎重に選ぶ必要がある。コスタンディンが革張りの豪華なシートに座り、長い脚を広げ、こちらを見つめている。エメラルドは、彼の細められた目を見たとき、怯まないと誓った。彼女心を強く持たなければいけない。それこそが、彼女の唯一の財産だとわかっている。

「来てくれたんだね」彼はそっと言った。

「来ないと思っていたの？」

彼は微笑んだ。「いいや」

「あなたのような男性とのデートをすっぽかすような女性など、いないということね？」

「これがデートだとは知らなかった」彼女の頬が紅潮したのに気づいたかのように、彼のまなざしにあざけりの色が浮かんだ。「ぼくが言いたかったのは、王室の一員と接するときは、誰もが予測可能であるという事実だ。そして、招待を断られることは、率直に言って決してない」

エメラルドはうなずき、恥ずかしさを振り払おうとした。失うものが何もなかったあのころだったら、なんと返していたかを思い出そうとした。「そんなあなたに、同情すべきかしら？」

彼の顔に気怠げな笑みが広がった。「エメラルド、きみがどう感じるかは自由だ。ぼくたちはそれを知っている」

何かを含んだような親密な言葉のやり取りは以前と変わらないもので、なんとも心地よく感じられた。ほんの一瞬、エメラルドは目を閉じた。彼女は孤独を感じた夜、たった一晩だけの情事を思い返しては記憶を美化したり、二人の間に起こっていたかもしれないことを想像したりした。

エメラルドの目が彼のまなざしに反応して開いた。キスされると思ったのに、彼はそうしなかった。それくらいで苛立ちを感じるのは愚かなことだ。最も重要なのは、今こそ告白する絶好の機会かもしれないということだ。「コスタンディン……」

しかし、それ以上エメラルドが言葉を発する前に、運転手の声が彼女の言葉をさえぎった。インターホンを通して、理解できない言語で話しかけてきたのだ。「何があったの？」

「パパラッチがいる」

「でも、それはわかっていたことでしょう？　だって、あなたのパーティーのことは新聞にも載っていたのだから」

「だが、それを公にしたとき、まさか同乗者を迎えることになるとは思っていなかった。とくに無名の美しいブロンド女性は、マスコミに憶測を抱かせる力がある」

美しい？　彼に美しいと言われた。その褒め言葉に喜びすぎないようにと、エメラルドは自分に言い聞かせた。「それで、どうするの？　わたしにこの車を降りて、バスに乗れとでも言うのかしら？」

「ばかなことを言うな。外から見えないよう、伏せるだけでいい。カメラを避けるにはそれしかない。でも、その考えが気に入らないなら、今すぐ降りてもらうこともできる。別の車できみを家まで送ろう。あるいは、当初の計画どおり、ソフナンティス大使館にシャンパンを飲みに来てもらってもいい」彼は挑戦的な笑みを浮かべて彼女を見た。「きみがどれだけぼくと過ごしたいかによる」

「あなたと行くわ」エメラルドは、コスタンディンと過ごしたいと思っているが、それは彼が想像しているような理由ではない。

「彼らを撒け。パパラッチたちをめいっぱい翻弄してやるんだ」運転手との間を仕切るスモークガラスのパネルを指で叩きながら、コスタンディンが命じた。そうしてから、彼は視線を彼女に向けた。「さあ、準備はいいか？」

「ええ、もちろん」彼にそんなふうに見つめられれば、なんにでもうなずいてしまうだろうと思った。

車が加速した途端、奇妙なことにエメラルドは楽しくなった。こういった状況下で、まさかそんな気持ちになるとは思わなかった。彼女はこの五年間、節約に節約を重ね、仕事と育児を両立させてきた。夜中にケーキを焼き、アレックが寝ている間にビジネスプランを練った。愛する息子のために小銭を貯め、服はチャリティショップでしか買わなかった。そして、実年齢よりも老いを感じることもあった。しかし、このかくれんぼの大人バージョンは、この数年で感じたことがないほど、不思議なくらいわくわくさせてくれた。

彼女はしゃがみこみ、膝を胴体に引き寄せながら、車のスピードが上がるにつれて聞こえる怒鳴り声や緊迫感に気づいていた。

「快適かい？」

「どう思う？」

彼は短く笑った。「もうそんなに長くはかからない」

「安心させてくれてありがとう」彼女は少し身をよじった。「でも、車のなかにはあなたしかいないはずなのに、なぜ唇が動いているのか不思議に思われるわね。独り言や、スピーチのリハーサルと思われるのかしら」

「こんな時間に車の後部座席で、スピーチのリハーサルをすることはない」彼は冷めた口調で言った。「もう黙ってくれ。秘書から連絡が入っていて、対処しなければならないんだ」

この会話をはじめたのは彼だが、そう指摘するつもりはなかった。彼女の感覚すべてが彼に反応している今はとくに。軽妙でからかうような言葉遣いや、王族という身分と社会的序列が自分とは正反対であるにもかかわらず、これまで出会ったどの男性よりも彼と一緒にいるほうがリラックスできるという奇妙な矛盾を、彼女はすんなりと受け入れていた。

彼女は革のにおいと、いつもコスタンディンに関連づけていたサンダルウッドのほのかな香りを感じたが、何よりも彼の近くにいるのを意識した。彼との親密さは耐えがたいほどほろ苦い記憶であるため、思い出さないように自分に言い聞かせつづけてきた。彼女の肌に触れる彼の体温を思い出すのは、危険なほど簡単だった。

そして、彼女は今も彼を求めていることに気づいた。けれど、そんな気持ちなど無視し、自分がここにいる唯一の理由を思い出さなければならない。彼女は目を閉じ、動かずにいた。彼が肩に指先で触れるまで。羽根のような軽いタッチが彼女を震わせ、突然胸の奥が温かくなるのを静かに呪った。

「もう大丈夫だ、エメラルド。座ってくれ」

たった一瞬の身体的接触を恋しく思いながら、彼女は座席に腰かけると乱れた髪を撫(な)で下ろし、窓の外を見つめた。彼女の目に入ったのは、赤と白のまぶしい光に包まれたロンドンの交通渋滞だけだった。

「彼らはどこに行ったのかしら？」パパラッチの大群を探しながら問いかけた。

「ぼくのボディガードがおとりの車を使って撒いた。報道陣を混乱させるのは簡単なんだ」

エメラルドは彼の横顔を観察しながら、好奇心から訊(たず)ねた。「いつもこんな感じなの？」

「今はとくにひどい」彼は肩をすくめた。

「それって、離婚のせいかしら？」彼女はやっとの思いでそう言った。心の奥深くにある傷を無視して、彼には裏切られていないと自分に言い聞かせるしかなかった。二度と会えないはずだった相手を、裏切ることなどできるわけがなかったのだから。

「そうとも言える」

エメラルドはうなずいたが、一度アレックのことを話したら、つねにこの種の大人の会話をすることになるだろうとわかっていた。丁寧な世間話は、感情の混乱を紛らわすのに役立つ以外、なんの意味もなかった。彼女は将来、彼にも親権が与えられる可能性を恐れていたが、その考えには慣れたほうがいいだろう。

「ひどい別れ方をしたの？」テレビのセラピストが使うのを聞いたことがあるような理解のある声で、彼女は訊ねた。

「そのことは話したくない」

「もちろんそうよね。わたしには関係ないことだもの」

「そうだ。きみには関係ない」噛みつくように返す彼の声は冷たく、無愛想なものだった。

離婚のせいで、彼はひどく傷ついているのだろうか。最愛の人が彼の心を打ち砕いたのかもしれない。精神的な痛みは最悪の痛みだと言われるが、エメラルドはそれを実感している。そして今、彼女は彼の世界をさらに打ち砕く可能性のあることを伝えなければならないのだ。

やがてリムジンは、リージェンツ・パーク界隈の静かな脇道へと入っていった。背の高い錬鉄製の門が開き、木々が立ち並ぶ敷地のなかを進んでいくと、ときおり警備員が持つ懐中電灯の光や番犬の目が光るのが見えた。

「ソフナンティス大使館へようこそ」コスタンティンが言った。

エメラルドは車から降り、パラディオ建築の建物を見上げた。「すごいわ」

「気に入った？」

気に入らない人なんて絶対にいない。とても大きくて、とてもエレガントな建物だ。エメラルドの暮らしとはまったくの別世界で、爆弾ニュースを伝えるのに気後れするような環境だった。これまで王族の生活を垣間見たことがなかった彼女は、突然、自分が深みにはまりこんだように感じた。「使用人はいるの？」

「きみが使用人を望むなら、ぼくが一団を手配しよう。贅沢な待遇が必要ならば、それはすべてきみのものだ。一言言ってくれるだけでいい」

彼女は鼻にしわを寄せた。「遠慮しておくわ」

コスタンディンは驚きをうまく隠した。ほとんどの人は、彼の称号と彼が与えられるものに興奮を覚えたからだ。宮殿、宝石、そして権力などに。

しかし、エメラルドには当てはまらなかったと彼は思い出した。彼女は、彼が王子であると知っていても、普通の男性と同じように扱っていた。二人が一緒に過ごした夜だけは例外で、エメラルドは人目を避けて過ごすことを気にしなかった。泊まったホテルの部屋は、彼の基準からするとかなり安価で平凡なものだった。おそらく、彼がエメラルドの名前で予約するように言ったからだろう。それが、短い逢瀬において、彼の唯一の失態だった。なぜなら、彼女の口座にじゅうぶんな金がなかったため、デビットカードでの支払いが断られたからだ。それを打ち明けた彼女にクレジットカードを渡したとき、たじろがれたのを覚えている。一瞬、彼女がカードを拒否するのではないかと思った。

彼は大理石の階段を上ってエメラルドを案内したが、秘書に気を揉むなと指示していたにもかかわらず、ドアを開けたのはロレンクだった。秘書は彼女をどう見るだろうか。コスタンディンはぼんやりと考えた。車の後部座席にしゃがみこんでいたため、彼女の淡いブロンドがぐしゃぐしゃに乱れているのを不服に思うだろうか。それに、彼女の安っぽい服装や、彼の記憶のなかにあるよりもヒールが高い靴は気に入らないだろうか。

「ロレンク。紹介しよう、彼女はエメラルド――」

「ベイカーです」エメラルドは、彼が名字を告げるよりも先にそう名乗った。実際、彼は彼女の名字を忘れていたので助かった。「みんなにはエミーと呼ばれています」

「あなたの顔には見覚えがありますね」秘書は考えるように言った。

「今夜、コロネードクラブであなたに飲み物をお出ししました。確かトマトジュースでしたね。あなたは仕事中にはお酒を飲まないと話してくれました」彼女はにこやかに返した。

「お知り合いになれて光栄です、ミス・ベイカー」ロレンクは堅苦しくそう告げた。

　コスタンディンは手を上げて、この長い自己紹介を打ち切った。「プラヴェゼロ・スイートにシャンパンを持ってくるよう手配してくれ」そう伝えると、玄関ホールに飾られた豪華なユリの花のにおいを嗅いでいる小柄なブロンド女性を見た。「エメラルド、お腹は空いてるか？」

　彼女が花から離れて顔を上げると、クリーム色の頬が紅潮した。「いえ、大丈夫よ」

　コスタンディンの鼓動が速まった。そんなふうに顔を赤らめる女性がどれほど魅力的に見えるか、彼女はわかっているのだろうか。かつて、それまでに経験したことのない強烈な快感を味わった記憶が一気によみがえってきた。突然、彼はエメラルド・ベイカーがこの数年で何人の男とベッドをともにしたのだろうかと考え、胸のなかで嫉妬の嵐が吹き荒れた。彼女の男性遍歴など気にする必要はないと、自分に言い聞かせた。重要なのは現在であり、彼はあらゆる可能性を探求したいと熱望した。

　コスタンディンは、エメラルドをプラヴェゼロ・スイートに案内した。この部屋は彼の国の首都にちなんで名づけられ、貴重な工芸品がいたるところに飾られていた。家具のほとんどはソフナンティスの最北の森に生育する希少なブラックウッドから作られたもので、洞窟のようなアルコーヴには年代物である絹製の絨毯（じゅうたん）が敷かれ、その独特な色みが室内の雰囲気を和らげていた。とくに今夜のように、巨大な火格子で揺らめく火明かりに照らされたときは、紛れもなく美しい部屋だった。しかしコスタンディンは、子どものころから王族が所有する装飾品に目を奪われたことはなかった。

とくに子どものころは。

彼は苦い笑みを浮かべながら、過去の混乱と、自分をこの場所に連れてきた時間の流れを思い返した。他に選択肢がなかったからこそ受け入れた身分に彼は内心では憤慨したが、自分の義務を果たした。そして、奉仕という概念を受け入れ、彼の治世の下、ソフナンティスは新たな黄金時代を迎えた。

コスタンディンはできるかぎり君主の役割を果たしたが、彼の心は決してその仕事に向いていなかった。彼の国の風刺画家の多くは、彼のしかめた顔ばかり描いていて、それは彼自身も認めるしかなかった。だからこそ、状況を変えようとしていた。すぐにでも。彼はいとこのことを考えた。ソフナンティスの国民は、王の役割を重荷と考える人間ではなく、王であることを実際に楽しむ者がふさわしいと思うのではないだろうか。

だが、その計画についてはまた別のときに考えよう。今夜はそんなことを頭から追い出し、エメラルド・ベイカーに集中したい。使用人が飲み物を持って部屋に入ってきた。コスタンディンはエメラルドにソファに座るよう合図したが、彼女は突然表情を曇らせ、首を左右に振ると、彼に背を向けた。肩のあたりがとても緊張しているように見える。王室の一員に背を向けるのは重大な儀礼違反であり、退出しようとした使用人を愕然（がくぜん）とさせただろうが、コスタンディンはすぐにエメラルドをリラックスさせようとした。

「この部屋には圧倒されるだろうね」穏やかな声で

彼は言った。「ぼくが好むよりも、ごちゃごちゃしすぎているように感じられるよ」

エメラルドはまだ肩に力が入ったまま、彼のほうを振り向いた。「コスタンディン」

彼女の声には奇妙な響きがあったが、彼は火明かりに照らされた彼女の髪に気を取られ、それを聞き流した。「ぼくをファーストネームで呼ぶ人はもうほとんどいない」

「あなたの地位が高いから？」

「もちろん、そうだろうね。それに、きみのような呼び方をする人もいない」

彼女は驚いた顔をした。「それはどういうこと？」

「本気でわからないのか？」

彼女の白い歯が、柔らかそうな下唇に食いこんだ。

「ちっとも」

「柔らかく、甘く、優しい呼び方だ」彼はそう言うと、赤面する彼女に目を向けた。「初めてキスをする前も、きみはそんなふうにぼくを呼んだ」

「そうだったかしら」

「ああ、あの夜のことはよく覚えている」彼は一瞬、言葉を切った。「今のきみは、あの夜と同じまなざしでぼくを見ている」

「それって、どんなまなざしなの？」彼女の声はささやくようなものだった。

「まるでぼくに触れてほしいかのような、またぼくとセックスしたいと切望しているかのような……」

彼女は大きく息を吸いこみ、彼の率直さに驚いたようだった。とはいえ、彼以上に、自分の言葉に驚いた者はいないだろう。

「それとも、ぼくの思い違いか？」彼は滑らかな口調で訊ねた。

4

コスタンディンの問いかけが部屋のなかで響くと、エメラルドは凍りついた。まるでセックスの話をするのが天気の話をするのと同じぐらい普通のことであるかのように、それを口に出されるとは思ってもみなかった。彼は挑戦状を叩(たた)きつけてきて、今すぐそれをやめさせるべきだとわかっていた。そんなことは多くの面で間違っているし、大きな秘密が彼女の心に穴を開けているからだ。息子について話すためにここに来ただけに、それ以外に気持ちを移してはだめだ。

けれど、飢えが宿ったまなざしで見つめられると困難になる。そして、飢え以外の何かが、彼の瞳の奥に垣間見(かいまみ)えた。暗く陰ったサファイアの奥にちらつくその何かは、長い間彼女のなかにあった空虚感と共鳴していた。彼は王位に就いたことで、自分が孤立してしまったと感じているのかもしれない。なぜそう思ったかというと、彼女はそれを目の当たりにしていたからだ。今夜、クラブの喧騒(けんそう)のなかで、彼は他の誰からも隔絶された存在に見えたが、自国の大使館のなかにいてさえも、同じように孤独な人物に見えた。

孤独と同様に、彼の体から放たれる欲望の波も、まるで目に見えるようだった。彼がしているのは、ただ悩ましげにこちらを見ることだけなのに、それが彼女を耐えられないほど興奮させていた。突然、呼吸が苦しくなり、体の芯が熱くなった。彼女はブラウスの下で胸の先端が硬くなったのを感じた。そしてそれは、彼にも気づかれていた。コスタンディンの視線は彼女の胸に注がれているが、努力したようにそこから目を逸らすと、質問の答えを待つように彼女の顔を見つめた。

彼と一夜をともにするのは、それほど悪いことだろうか。二人の人生を変えかねない言葉を口にする前に男女の関係を結べば、伝えるのも楽になるのでは？　かつて分かち合った互いの喜びと、あの情熱的な一夜から生まれた、予期せぬとはいえすばらしい贈り物についてを。「あなたの思い違いじゃないわ」だから彼女は、ゆっくりと言った。

コスタンディンは、まるで大理石の彫像のように動かない。彼は自分の言葉を後悔しているのか、もしくは撤回する準備をしているのだろうか。しかし、彼の顔に微笑みが浮かび、その唇の緩やかなカーブが彼女の胸を高鳴らせた。

「こちらに来るんだ」彼は優しく命じた。

その瞬間の息もつかせぬ興奮のなかで、エメラルドは過去と現在がまざり合うのを感じた。そして突然、彼と不思議なほど対等だと感じたあの場所に戻ってきた。けれど、いくら対等だと思えたとしても、この瞬間の感情を持続させたいという気持ちから、すぐに彼の腕のなかに飛びこもうとはしなかった。

「もしわたしがそうしなかったら？」

「もしきみが来なければ……」次の瞬間、彼の瞳が彼女を射貫くような白熱の青い炎で満たされ、さらに危険をはらんだものになった。「ぼくがそこに行き、どれだけきみを欲しているかを示すのを、きみが切望していると結論づけるしかないな」

エメラルドはまばたきをした。その言葉は、彼女をさらに興奮させた。彼は王かもしれないが、話す言葉はまるで粗野な男性そのもので、そんな対比がたまらなく魅力的だった。おそらく、まず話し合うべきことがあると彼に伝えるほうがいい。けれど彼女のように長い間、自分自身の喜びを否定してきた場合、理性的な思考は容易ではなかった。実際、体が火照っているときには不可能に近い。

エメラルドが挑発するように顎を上げると、ブロンドが背中で揺れた。「そう思うなら、こちらに来て。あなたを止めたりしないわ」

コスタンディンは、ジャングルキャットのようにしなやかな動きでやってくると、熱いまなざしを彼女に向け、そっとキスをした。もう二度と彼とキスすることはないはずだったのに……。そう頭に浮かんだ瞬間、彼女ははっとした。彼は、他の女性と結婚していた。彼はこの六年間、ルーリエタという高貴で美しい王妃と黄金の宮殿で暮らしていたのだ。

しかし、そう理性に訴えかけられてさえ、エメラルドにキスを拒絶させるにはじゅうぶんではなく、彼の舌が口のなかに滑りこんでくると、承諾せざるをえなかった。この親密な接触で、彼女の骨盤の奥には飢えにも似た必要性が高まっていった。

「ああ」キスを解いた途端、彼女はあえいだ。

「気に入ったか？」

「どう思う？」

「きみの反応を見ていればわかる」彼はうなり声をあげ、彼女に密着した。

「ああ！」エメラルドはふたたびあえいだ。彼のこわばったものを上質なスーツ越しに感じ、その露骨な興奮が彼女の鼓動をさらに速めたからだ。彼女の中心は熱く溶け、懇願するように腰を回したとき、彼は低く笑った。

「何が望みか言うんだ、エメラルド」コスタンディンはささやくように命じた。

「あなたよ！　あなたが欲しいの」

そう言った次の瞬間、彼の性急な手が彼女を探りはじめた。彼の貪欲な手のひらはブラウス越しに敏感な胸をなぞり、そのまま体のラインに沿ってお尻まで下りていった。

「きみは華奢(きゃしゃ)だな」コスタンディンはうなるように

言って、長い指でブラウスのボタンを外し、彼女の体から引き剥がした。そして次に、スカートを脱がされそうになったとき、彼女は体を震わせた。彼はとてもゴージャスなだけに、質素な下着姿を見せることに恥ずかしさを感じたのだ。けれど、彼の顔は野蛮な飢えで満たされていた。エメラルドは自分自身が持つ性的な力を感じながらも、頭のなかは振り払えない考えでいっぱいになった。

もしかしたら、これは運命なのかも？

そうなのだろうか。彼が自分の服を引き裂いて投げ捨てたとき、彼女は自問した。彼に隠していたことを伝えたとき、喜んでもらえる可能性はあるのだろうか。彼は今、王という孤高の存在だが、アレックのことを知り、彼のすばらしさに気づけば、すべてが変わるかもしれない。彼には世継ぎが必要だ。アレックやエメラルドと家族になることだってできる。〝プリンスはクラブで一般女性と出会い、自分のプリンセスにした〟そんなおとぎ話が、あってもおかしくはないはずだ。

「さあ、きみの邪魔なランジェリーを脱がせよう」

彼は腹を空かせたようにうなった。

それは彼女が読んだことのないおとぎ話の台詞だったが、それでも構わなかった。

コスタンディンが逸る指で彼女のブラジャーを下ろすと、熟した果実のような胸が手のなかにこぼれ落ちてきた。その先端に吸いつくやいなや彼女は快感の声をあげ、両手を彼の体に向かって伸ばしてきた。しばらくの間、彼はエメラルドの自由にさせていたが、彼女の指が股間に向かって進もうとしているのに気づき、今触れられたらどうなってしまうかわからないと思った。

蹴るようにして下着を脱ぐと、彼女の小さなあえぎ声に反応して、彼のものはますますこわばった。すぐにでも彼女とひとつになりたいと思ったものの、決して忘れなかったのは身を守ることだった。彼の子どもがこの世に誕生することなど、絶対にあってはならないのだから。

　床に落ちているズボンからコンドームを取り出し、すぐ手の届くところに置いて、荒い息をつきながらエメラルドを腕に抱き寄せた。

「今夜……」彼はうめくように言った。

「今夜？　それがどうしたの？」

「わかっているだろう、エメラルド。これは今夜だけのことだ。数年前と同じだと、理解してくれ」

　彼の言葉が警告であることはエメラルドもわかっていたが、もう彼女は自分を止めることができなかった。彼女の芯は柔らかくなり、ずきずきと鼓動していて、この先の行為を切望した。「ええ、理解しているわ」

　コスタンディンの手が彼女の太腿の間に入りこむと、彼女はうめき声をあげた。

「きみは濡れている。まるで蜂蜜やクリームのように」彼の指の動きが速まり、彼女の芽を刺激した。

　彼の官能的な言葉が彼女をさらに興奮させた。

「きみのなかに入りたい」突然、彼の声は切迫したものになった。

「そうしてほしいわ」彼がコンドームを開けるのをぼんやり見つめながら、彼女はそうささやいた。彼が入ってこようとする直前に唇を重ねた。今回は痛みはなく、ただ胸が張り裂けるような快感だけがあり、エメラルドは彼に満たされながら息をのんだ。

　コスタンディンが唇を重ねたのは、誰にも彼女の声を聞かれないようにするためだったのだろうか。ボディガードはこの部屋のドアの外にいる？　けれどエメラルドは、彼がゆっくりとなかに入ってくるにつれキスの甘さに溺れていき、やがて人生で最も信じられないようなオーガズムに身を委ねながら、何も気にならなくなった。

5

夜が明けて目が覚めると、コスタンディンはすぐに、自分が大使館のプラヴェゼロ・スイートの床で寝ているのに気づいた。床で目覚めるなんて、初めての経験だった。

シャッターの閉まっていない窓から差しこむ淡い光に、彼はゆっくりと目を慣らした。二人とも裸で、エメラルドは彼の隣に寄り添ってすやすやと眠っている。部屋が寒いことから、火格子の火はしばらく前に消えたのだろう。近くのソファからカシミアのブランケットを取って自分たちを包んだのが、彼がここ数年でいちばんぐっすりと眠った前にしたことだった。

コスタンディンは傍らで眠るエメラルドを見た。先ほど気づいた彼女の目の下の黒い隈を見るかぎり、なんらかの理由で彼と同じくらい睡眠が必要だったかに思えたが、同時に、あれほど激しいセックスのせいで疲労したのかもしれないとも思った。

彼女のブロンドは淡く輝きを放ちながら、床の上に広がっている。呼吸は安定し、頬はかすかに紅潮していた。そして、体は――ブランケットからのぞく薔薇色の先端に目を奪われ、つい親指を伸ばしてそこに触れてみた瞬間、股間がこわばりはじめた。彼が顔を伏せて先端に舌をあてると、柔らかなうめき声が聞こえた。

彼のものはさらに硬くなった。しかし、それは驚くべきことではない。エメラルドがウエイトレスの制服を着て彼に近づいてきたときから、彼はずっと欲望に駆られていた。彼女の小さな体を引き寄せると、満足の深いため息が彼の唇からもれた。コスタンディンは自由を感じ、とても満たされた。

エメラルド・ベイカーは、彼の人生で最高の相手であり、最も口が堅い女性だった。だからだろうか、今すぐ彼女を起こし、胸の内を打ち明けたいという言い知れぬ欲求に駆られたのは。他の誰にも、たとえ彼の秘書であっても打ち明けられないことを。

「エメラルド、ぼくはいとこに王位を譲ることを考えている。この生活から抜け出したいんだ」眠る彼女にそっと告げた。

彼の鼓動は速まった。自分に真実を認めることさえ、彼は反逆行為をしているかのように感じた。最近、彼の不満は無視することが難しくなり、すぐに対処しなければならないことだとわかっていた。しかし、今ではない。誘惑がすぐ隣に転がっているのだから。エメラルドを家まで送るための車を呼ぶ前に、ふたたび彼女とひとつになることができるのに、なぜ思い悩んで時間を浪費しているのだろう。

彼女の太腿の間に手を滑りこませ、蕾(つぼみ)を軽く指先でなぞった。まだ半分眠っている彼女は、彼が指を上下に滑らせると、うめき声をあげはじめた。

「コスタンディン」彼女は指を伸ばして彼の肩をつかんで引き寄せると、唇を近づけてささやいた。

「お願い……」

彼にそれ以上の懇願は必要なかった。コンドームを手に取って彼女の上にのしかかり、奥深くへと侵入した。彼が動きはじめると、彼女は小さくあえいだ。彼女がオーガズムにどれだけ近づいているかはすぐにわかり、彼ももう持ちこたえることができなくなった。ついに彼女に一滴残らず吸い上げられると、彼はすっかり満たされた。

コスタンディンはかつてないほどの甘い余韻に浸りながら、絹糸のような髪に指を絡ませた。そのとき、エメラルドのまぶたが開き、彼は驚かされた。なぜなら、その表情は、女性が快楽に満たされたときのものではなかったからだ。突然彼から身をよじって離れた彼女の顔に、影が差した。そんな表情には見覚えがないし、緊張しているかのように鳥肌が立っていることにも気がついた。しかし、それについて分析するのは面倒だったので、彼は何も訊ねず、ただ彼女の瞳を見つめた。

「すばらしかったよ」何年も前に彼女が言ったのと同じ言葉を、彼はささやいた。

「そのとおりね」彼女は小さな声で同意した。

そう答えはしたが、彼女は緊張しているように見えた。ほんの数分前まで、あれほど熱心に彼に応えていた姿からは、だいぶかけ離れていた。

「昨晩は、まさかきみに会えるとは思っていなかった」彼はあくびをしながら言った。「きみはロンドンを出ただろうと思っていたんだ。でも、きみはあそこにいた。いまだあの黒と白のユニフォームを着て、クラブで働いていた。人生というのは、ほとんど変わらないものなんだな。ぼくの人生は、ぼく自身が認識できないほど変化したというのに」

「そうね」

エメラルドは何度かまばたきをすると、しっかりと目を開けた。その緑の瞳の奥にひそむ何かを、彼は見ることができた。羞恥だろうか。

彼女は咳払いをして口を開いた。「実は、もうあそこでは働いていないの」

彼は顔をしかめた。「だが、昨夜きみは――」

「臨時でシフトに入れてもらったの」

彼は表情を険しくした。「ぼくがそこにいるとわかっていたからなのか？」

柔らかいブランケットの下で、彼女は少し体を動かした。「ええ」

コスタンディンは唇を歪めた。もちろん、そうだろう。彼女が羞恥の表情をしていたのも無理はない。彼に会うためにクラブに潜りこんだのだとしたら、かなり大胆な行動だと言えよう。彼女は彼をストーキングしていると思うべきなのか、それとも彼に会いに来た彼女の厚かましさを褒めるべきなのか。これほどまでに性的な満足を得たのだから、後者以外にありえないだろう。

「それは光栄だと言うべきかな。しかし、もう少し一緒に過ごせないのは残念だ。ぼくは午前中にパリ行きの飛行機に乗らなければならないんだ。でも、きみを予定表に組みこめない理由はない。月末にロンドンに戻ってくる。こんな感じで、また会うことができるかもしれない」コスタンディンはそう言って無造作に肩をすくめると、物憂げな笑みを浮かべた。

しかし、彼が期待していた喜びの表情を、彼女に見ることはできなかった。エメラルドは道を間違えた人のように首を左右に振った。

「もっと早くに話すべきだったわ」彼女は大きく息を吸いこんだ。「でも、簡単に言えることではないの」

「気にするな、エメラルド」彼は辛辣な口調で答えた。「きみに断られても、ぼくは傷つかない」

唇を噛みしめる彼女を見て、彼の頭のなかに警鐘が鳴った。突然、彼女が体を起こすと、金が溶け出したかのように、美しい髪が肩を覆った。まるで女神みたいに思えたが、彼女の次の言葉が彼の頭からすべての考えを追い払った。

「あなたには息子がいるの、コスタンディン」

突きつけられた言葉が理解できなかった。エメラルドに完全に驚かされたコスタンディンは、危うく本当のことを言いそうになった。彼は子どもを持ったこともなければ、欲しいと思ったこともないと。そして、決して子孫を残さないという決意が、王位から逃れる唯一の手段だということを。世継ぎのいない王には、なんの意味もないからだ。彼のこめかみがずきずきした。

「ぼくの子ではない。父親はぼく以外の誰かだろう」彼がそう返したときの彼女の表情に気がついた。怯(おび)え。それに、罪悪感？　彼は目を細めた。そう、間違いなく罪悪感だ。

突然、彼の胸は自分でもわからない感情で高鳴った。彼は立ち上がると脱ぎ捨てられたズボンを穿(は)き、彼女に背を向けてファスナーを上げた。それは意図的に距離をとる動きであり、彼の心を裏切るようなこわばりを隠すためでもあった。コスタンディンが彼女に向き直ったとき、すでにいつもの毅然(きぜん)とした態度に戻っていた。なぜなら、きっと彼女の言葉を誤解しただけに違いないと思ったからだ。もしくは、単に彼女は彼を操ろうとして、誤解させるような言葉を言ったのだろう。そう、絶対に間違いだ。

「きみが言っていることが理解できない」彼は冷ややかに告げた。

エメラルドはコスタンディンの冷たいまなざしにさらされながら、うろたえないように努めた。彼はまるで、彼女を敵のように見ていたからだ。彼とセックスしたことで、自分の立場を弱めてしまったらしい。いったいなぜ、先に話しておかなかったのだろう。

それは、彼の魅力に抵抗できなかったからだ。

彼女はできるだけ簡潔に、息子がいると伝えようとした。しかし、自分の頭のなかでリハーサルするのと、大使館の床の上で男性に見下ろされながら話すのとはまったく違う。彼女は不安な指先でブランケットを胸の上まで引っ張った。

「あなたには息子がいるの」彼女はもう一度そう告げ、本能的に声を和らげた。「アレックという五歳の男の子で、とてもすばらしい子よ」

「もうじゅうぶんだ！」彼は激しい口調で彼女の言葉をさえぎった。「ぼくの人生に勝手に入りこみ、そんな根拠のないことを信じさせられると本当に思っているのか？　いったい誰を相手にしてると思ってるんだ、エメラルド」

　コスタンディンの言葉に母親としてのプライドをずたずたにされながらも、彼女は冷静でいようとした。彼はショックを受けている。もちろん受けないわけがない。エメラルドだって、妊娠検査薬の陽性反応を見つめ、震えながら床に頽れたときは、そうとうショックを受けたのだから。「自分が父親になるという事実を理解するのは、簡単なことではないわよね」

「しかし、ぼくは父親ではない。かつて、きみと一度だけセックスをしたことがあるが、そのときは細心の注意を払って避妊した」彼は続けた。「ぼくはつねに気をつけている」

　エメラルドは唇を噛んだ。もし、この付け加えた言葉が、エメラルドを傷つけるために彼がどれだけの女性と関係を持ってきたかを知らしめようと意図されたものだとしたら、それは成功した。自分がいかに傷つきやすいかを思い知らされたが、彼の意図的な残酷さに対抗したいとも思わされた。屈服するな、そして彼に見下されてはならないと、彼女は強く自分に言い聞かせた。

「実際、あの晩のわたしたちは、一度だけでなく何度もセックスをしたのよ。覚えているかしら」

　しかし、コスタンディンは今の言葉を聞いていないようだった。彼は目を細め、首をかしげていた。まるで不可解な問題の答えを見つけたかのように。

「では、昨日の夜は仕組まれたことだったんだな」

　エメラルドは無表情に彼を見つめた。「なんですって？」

「ぼくに近づくために、手のこんだ計画を立てたというわけか」

「手のこんだ計画ではないわ、コスタンディン。クラブのスタッフに電話を一本かけただけよ」

「意図的にぼくを誘惑しようとしたのか？　セックスさえすれば、きみのとんでもない主張が思いやりを持って受け止められるとでも思ったのか？」

突き刺すような痛みを胸に感じた。「過去を塗り替えようとしないで」冷静でいることなど忘れ、彼女は言い返した。「それに、誘惑ですって？　お互いさまじゃない。昨夜のわたしは、裸で踊っていたわけでもないでしょう？　ここに来ようと言ったのも、シャンパンを頼んだのもあなただった。そしてキスをはじめたのもあなたが先よ」彼女は大きく息を吸った。「とにかく、そんなことはどうでもいいの。重要なのは、あなたがアレックをどうするつもりなのかということよ」

「ぼくは何もするつもりはない」彼は横柄に彼女に告げた。

「そのとおりね。あなたがどうするかは、あなたの自由だわ」そう彼女は言い、ゆっくりと威厳を持って立ち上がった。しかし、その威厳は、彼女が裸体を隠そうとして下着を引っ張り上げたり、くしゃくしゃのスカートとブラウスを急いでつかんだ不器用さとは相反するように感じられた。妹のハイヒールを履くために身をかがめたあと、背筋を伸ばして髪を後ろになびかせた。

「わかったわ」彼女はため息をついた。「この会話は忘れて、今までどおりでいましょう。シングルマザーとしてなんとかやってこられたのだから、これからだってなんとかやっていける。わたしが話したことは、誰にも知られる必要はない。これ以上、あなたの邪魔はしないわ。それに、あなたも必要ない、コスタンディン」

まるで誰かにレンガを一トン分積み上げられたように肩に重さを覚えながらも、エメラルドは肩をすくめた。自分の深い悲しみが瞳に表れているように感じた。「少なくとも、あなたは息子の存在を知ったのだから、気の毒でしかないわ」静かに話し終えたエメラルドは、床からハンドバッグを拾い上げた。

それでも彼は動かなかった。そして、急に自分がちゃんと服を着ていないのを思い出したかのように、シャツのボタンに手を伸ばした。「息子のことが本当なら、なぜ今さら言うんだ。どうしてもっと前に言わなかった」

「あなたがそんなことを言うなんて信じられないわ」彼がボタンをかけ違えていることを指摘せずに、彼女は続けた。「わたしたちが一夜をともにしたとき、それがその夜かぎりのものだということがわかったわ。あなたはそれをはっきりと教えてくれた」

彼女は、もう一度彼に会いたかったのを伝えるつもりはなかった。「だから、わたしはそれを受け入れた。その直後、あなたのお兄さんが亡くなった。それを知って、あなたに手紙を書こうと思ったけど、適切とは思えなかった」彼女は肩をすくめた。

「なぜだ。兄の死を口実にして、ふたたびぼくと連絡を取ろうとしているように見られると思ったからか？　そんな女性は大勢いる」

なんて憎らしい人なんだろうと、エメラルドは苦々しく思った。しかし、そんな彼の態度だからこそ、拒絶されても耐えることができた。アレックの人生に、こんな傲慢な男性などいないほうがずっといい。それは、彼女にとっても同じだ。

「数週間後、妊娠していることがわかった。でも、戴冠式が近づいたり、いろいろなことがあったりして、あなたに近づくには理想的な時期とは思えなかったの。いいえ、どんなに待っても、理想的なタイミングなどなかったでしょうね」

彼女は深く息を吸いこみ、声から苦痛と屈辱を消し去ろうとした。なぜなら、彼の結婚を知ったときの気持ちを思い出していたからだ。結婚するつもりはないという彼の主張は、大嘘だったのだ。その後、彼のおとぎ話のような結婚式があちこちで喧伝された。黒檀のような輝く髪の美しい花嫁を見下ろすハンサムな花婿の姿は、彼女の心に痛烈な打撃を与えた。

「だって、あなたが結婚するという報道を見たから。それに加えて、あなたの奥さまはいつ妊娠してもおかしくなかった。彼女は正統な跡継ぎを産むと思ったし、あなたは婚外子を望まなかったはずよ」

　彼女と寝てすぐに別の女性と結婚したことについて、彼が恥ずかしそうに肩をすくめて認めたり、謝罪の言葉をちらつかせたりすることを期待していたのだろうか。もしそうだとしたら、まったくの期待はずれだ。彼の目はガラスのように冷たいのだから。

「だが、ぼくの結婚は、きみと寝た何週間もあとのことだ。その間に話す時間はたくさんあったはずだ」

　エメラルドは唇を噛みしめた。もちろん、彼の言うとおりだった。しかし彼女は、あのころ自分を駆り立てていた原始的な本能を認めたくはなかった。彼のように力がある男性は自分の赤ん坊を支配しようとするかもしれない、あるいはもっと悪いことが起きるかもしれないという恐怖につきまとわれていたのだ。彼女の心は重く沈んだ。「妊娠初期のわたしはとても具合が悪かったの。だから、あなたとのやり取りに耐えられるとは思わなかった」

　コスタンディンは彼女から目をそむけた。彼は自分の感情をコントロールする達人だった。他人のみならず、自分自身にさえ感情を押し隠してきたのだ。しかし今回ばかりは、自分の反応をコントロールするのが難しいことがわかった。エメラルド・ベイカーは、この情報で彼を待ち伏せていた。彼の将来の計画が水の泡になる可能性を秘めたものだった。怒りと後悔が一気に襲いかかってきた。彼女を信じたくなどない。あらゆる本能が、子どもなんているはずはないと彼に告げていた。しかし、彼女が嘘をついていると確信するまでは、その場を立ち去ることはできなかった。

「彼のところへ連れていくんだ。会ってみたい」そう告げると、昨夜のキスのせいで赤く色づいている彼女の唇が震えているのがわかった。「今日のパリ行きの予定は変更する。今すぐにでも出発しよう」

彼は厳しい口調で付け加えた。

彼女の緑色の目が驚いたように見開かれた。「それは無理よ」

「なぜだ。嘘がばれるのが怖いのか、エメラルド？もしかしたら、ぼくには息子など存在しないのかもしれないな。だが、きみが過去に寝た男のなかでぼくはいちばん金があるから、利用できるとでも思ったのだろう」

「お金目当てであなたに近づいたと、本気で思っているの？いつからそんなに疑(うたぐ)り深くなったの、コスタンディン？それとも、あなたは前からそうで、わたしはただそれを見逃していただけ？」

そのとおりだ。彼は苦々しくそう思った。他人がすることは何事も見かけどおりではないと知ったときから、そんな人間になった。王室という世界は嘘や企(たくら)みに満ちあふれていて、誰も本当のことなど言わないし、本当のことを教えてもくれない。彼らが話すのは、王族が聞きたいと思うこと、もしくは、自分たちの地位を守るために、王族が聞くべきだと思ったことだけだ。

ソフナンティスを離れて王室の束縛から逃れていたときは真実から目をそむけ、実業家として彼は好きなように振る舞うことができた。よく働き、よく遊び、財を成し、サンフランシスコ、パリ、ホノルルに美しい家を手に入れた。国王になるために生まれ故郷に呼び戻されたときには、軽薄な性格は君主にふさわしくない性質であることに気づいていた。国王に即位したことで彼が唯一喜んだのは、自分が感情を押し隠していても、誰もそこに踏みこもうとはしないことだった。

「はっきりさせておこう、エメラルド」彼は冷たい口調で続けた。「きみはぼくと話す機会を作ろうとしていたのに、セックスのあとまでそれを遅らせた。それは、ぼくを懐柔するためとしか思えない。それなのに今、きみはぼくがその子どもに会えないと言っている。では、なぜここに来たんだ。ぼくに何を求めている？　金か？」

コスタンディンの言葉を聞いた彼女の目は強烈な苦悩を浮かべ、彼は一瞬、自分の非難を撤回したいと思った。

「いいえ、あなたのお金なんて欲しくないわ。実際、もう二度とあなたに会いたくない。でも、これはわたしだけのことじゃないの。アレックのためを考えてのことよ。あなたがアレックに会うのを止めるつもりはないけれど、そんなに簡単なことじゃない」彼女のまなざしが窓のほうに注がれた。「わたしはもうロンドンに住んでいないの。妹と一緒にもっと物価の安いところに引っ越したのよ」

「どこに？」

「ノーサンバーランド州のエンブルトンよ」

彼は目を細めた。「イングランドの北東部だな」

「知っているの？」

「エメラルド、ぼくは地理を知らないわけじゃない。ロンドンから離れているのはわかっているが、それは問題ない」コスタンディンは腕時計に目を落とした。「ヘリコプターで行くしかないな」

「あなたはいきなり、わたしが何をしていいか、何をしてはいけないかを指図するようになったの？」

「ばかなことを言うな」

彼女は目を細めた。「それならなぜ？」

「なぜなら、客が来ることなど知らない、ありのままの姿を見たいからだ」

エメラルドはスマートフォンをバッグに戻す前にためらい、それがもっともな意見だと自分に言い聞かせようとした。膝には泥がつき、シャツをだらしなく着た、父親とまったく同じ青い瞳と、黒い髪を持つアレックを見てもらえばいいのだと。

もしかしたら自分は、だらしない息子を見た王が、もうかかわりたくないと思うことを密かに望んでいるのだろうか。

「彼のことを教えてくれ」コスタンディンが突然言った。

その質問に対する心構えは、エメラルドにできてなく、回転翼の音が耳障りでしかなかった。

6

エメラルドは今までヘリコプターに乗ったことがなく、回転翼の音が耳障りでしかなかった。

「このなかは電波が入るの？」ハンドバッグのなかに手を入れ、スマートフォンを取り出すと、コスタンディンの青い目が敵意をむき出しにした。

「どうしてだ」

まるで彼は、彼女のスマートフォンを没収したいかに見える。「アレックに連絡しようかと思って」

彼女は乾いた笑みを浮かべた。「だって、予定よりずっと早い帰宅になるし、お客さまが来ることも知っておいたほうがいいでしょう？」

「できれば、彼とは話さないでほしい」

いなかった。コスタンディンに会ったアレックがどう反応するのかを考えるだけで精一杯だったのだ。息子は、ルビーと共用の古い車や、バスでの移動に慣れていた。楽しみといえば、映画館で映画を見ることと、たまにハンバーガーとチップスを食べることくらいだった。そんな彼が、ピカピカのリムジンやボディガード、そして一般人の範疇を超えた裕福さに目がくらむ危険性はないだろうか。

いったい自分は何をしてしまったのか。

「彼は……とても利口なの」彼女はその疑念から心を引き戻しながら言った。「どこの母親も自分の子どもについてそう思っているのはわかるけど、彼は本当にそうなの。学校でもうまくやっているしね」

「学校の名前は？」

「聞いたことないはずよ。優れた実績を持つ地元の学校なの」

「それで、彼には父親についてどう話したんだ、エメラルド？　彼はぼくが誰か知っているのか？」

「知らないわ」

「話してないのか？」コスタンディンは怒ったように返した。

彼女は唇を噛んだ。「曖昧にしていたほうが楽だったから」

「きみにとっての楽さを選んだんだな？　それに、父親の存在を否定したかったんだろう」

「そんなことないわ。ただ、そんな単純なことではないの、コスタンディン。それに、今になってわたしが息子をどう育ててきたかについて判断を下すのは、少しおこがましいんじゃないかしら」

「息子の存在を知ったばかりなのだから、以前はそんなことができる立場にぼくはいなかった」

「いいえ、あなたは美しい王妃との結婚生活で忙しかっただけよ」

「気をつけたほうがいい、エメラルド」彼は短く笑った。「まるで嫉妬しているみたいに聞こえる」

「嫉妬なんかしていないわ。事実を言っただけ。それに、あなたはアレックを息子だとは思っていないんでしょ?」

「ぼくは先入観を持たないでいるんだ」

「父親は一国の王だと、わたしがいきなり息子に伝えるとでも思っているの? 普通の少年にとって、それを受け入れるのがどれほど難しいかわかっている? もし彼が友達に話してしまい、先生や他の親たちがそれを聞いたらどうなると思うの? どうして王の息子が借家住まいで、母親はビーチカフェを経営しているのだろうとみんな不思議に思って、息子が嘘をついているという結論に達するかもしれないわ」

「それで、なぜ気が変わって、ぼくに会いに来たんだ?」

「あなたは離婚したでしょう?」彼女は唇を舐めた。「それにロンドンに来ているとわかって、会えるんじゃないかと思ったの……」

「ぼくに話していないことが、他にもあるな」彼女の言葉が途切れると、彼は断言した。エメラルドは彼の洞察力に驚いて感心すると、深く息をついた。

「最近アレックは、父親についていろいろ訊いてくるの。わたしは彼に嘘をつきたくなくて――」ヘリコプターが降下しはじめたとき、彼女はコスタンディンのサファイア色の瞳を見つめながら答えた。「でも、彼が空想にふけりはじめて、遠い国に住む強力な王を崇拝したり、今の生活に不満を抱いたりするようになってほしくなかったから」

話しすぎて、彼に自分の弱さや恐れを気づかれたかもしれない。そんなことにでもなれば、彼の力が増してしまう。けれど、コスタンディンの表情は険しくなったが、窓を黒く塗りつぶした二台のSUVがヘリポートにやってきたときに彼が口にしたのは、彼女の住所を訊ねる言葉だけだった。

「ぼくが運転しよう」コスタンディンは突然そう言うと、ハンドルの後ろに滑りこみ、彼女に乗るよううながした。もう一台には、彼のボディガード二人が乗りこんだ。

　エメラルドは今まで彼が運転する車に乗ったことはなかったが、車が走り出すと、それが日常のように感じられた。ボディガードが乗った車がついてこなければ、とある四月の日曜日の昼下がり、サクラソウが咲き乱れる田園地帯に出かける普通のカップルと思えたかもしれない。

　このあたりはいつも空が広く、空気が澄んでいるように感じられた。妊娠中に怯えながらロンドンからやってきた彼女にとって、ここは安全な避難所だった。エメラルドは、ルビーとともにオープンしたカフェと、二人が作るケーキやプリンを誇りに思っている。しかし、息子が待つエンブルトンに近づくにつれ、エメラルドは不安で心臓がどきどきするのを感じていた。彼女が故郷と呼ぶようになったこの場所を、彼はどう思うだろうか。あまりにも小さな町にショックを受けるだろうか。彼女の生活の基盤が、彼のまばゆいばかりの大きさに比べてはるかに小さいことに。

「もうすぐよ」海が近づいてきて水平線が見えると彼女は言った。「ここで止めてもらえる？」

　コスタンディンはエンジンを切ったが、砂丘の向こうには広大なビーチが広がっているだけだった。

「彼はどこにいる」

　エメラルドは腕時計に目をやった。「たいていこの時間は、ビーチでサッカーをしているわ。日曜日はいつもわたしたちのどちらかが、彼をここに連れてくるの」

「きみたちのどちらかだって？」これまで考えもしなかったシナリオが突然頭に浮かび、コスタンディンの声が鋭くなった。「それは誰だ？」

エメラルドの深い緑色のまなざしが憤りの色を帯びたのを見つめながら、コスタンディンは自分の体が彼女にどれほど強く反応しているかを認めた。彼女は彼を惑わし、操った。それでもまだ欲しくてたまらない。これほど怒りに駆られ、混乱もしているし、自分の父親が女性を追い回していた姿を軽蔑していたはずなのに。

「もしわたしに付き合っている男性がいたら、昨夜、あなたと関係していたと思う？」彼女は膝の上で小さな手を固く握りしめながら訴えた。

コスタンディンは、激しく否定するエメラルドに満足感を覚えたが、なだめようという気分にはなれなかった。彼女が自分の体を魅惑的な武器のように使っているのに、なぜそうしなければならないのだろう。「さあ、どうだろうな。ぼくは事実を明らかにしたいだけだ」

「妹のルビーに助けてもらっているだけ。それが事実よ！」彼女は怒りに声を震わせながら、ハンドバッグからスカーフを取り出して首に巻いた。「ルビーの協力がなければ、どうなっていたかわからないわ」

「両親はいないのか？」

「いないわ。母は数年前、アレックがまだ赤ん坊のときに亡くなったの。そして、父はわたしたちとのかかわりを望まなかった」

もしかしたら、家族が自分とエメラルドの共通点なのかもしれない。「続けて」

「わたしの妊娠がわかってから、ルビーとわたしはロンドンを離れてここに引っ越してきた。家賃はずっと安いし、ビーチ沿いの小さな店舗を借りられて、カフェをオープンできたのはラッキーだった。店は毎日営業しているけれど、日曜日は誰かがシフトに入ってくれるから、わたしたちはいつも――」

「いつも、どうしてるんだ？」彼は優しい口調で訊ねた。

「アレックにとっては、わたしたちのどちらか一方から、純粋な注意を向けられるのはいいことなの」エメラルドは両手で髪を撫でつけながら、爽やかに言った。「ルビーとわたしは、冬場と日曜日以外はとても忙しくしているの。わたしはお菓子を作って、地元のレストランやホテルに卸したりもしているし。ねえ、外に出てみない？　砂丘を歩いていけば、わたしたちが近づくのを気づかれずにすむわ」

「それはぼくのため？　それとも彼のためか？」

「正直、よくわからないわ」彼女は認めた。

　彼女の声に正直さがまじっていることに心の準備をしていなかった。だから、コスタンディンはただうなずくだけにとどめ、車を降りた。そして、太陽の眩しさに目を細めながら遠くに見たものには、さらになんの準備もできていなかった。小さな男の子が、風に飛ばされつづけるプラスチックのボールを追いかけていた。近くにはエメラルドと同じ色合いの髪をした女性がいて子どもに笑いかけていたが、ふいにこちらに気づいて顔から笑みを消した。

　彼女は子どもに、母親の存在を知らせたのだろうか？　というのも、その瞬間ボールは忘れ去られ、少年はビーチを疾走して彼らに向かってきたからだ。コスタンディンがエメラルドをちらりと見ると、緑色の瞳は宝石のように輝いていた。

　コスタンディンは突然、胸が締めつけられるのを感じた。長年にわたって彼について書かれてきたさまざまなプロフィールには、サファイアのような彼の瞳の強烈な青さを描写するものが多かった。そして、今目にしているのは、まるで子どものころの自分みたいに青い瞳をした少年だったからだ。

　ぼくの息子だ――彼はそう思った。

　唇がこわばり、めまいがした。高揚感。混乱。今まで感じたことのない恐怖すら覚えた。自分の感情がわからなくなってきて、胸が締めつけられるような感覚がいっそう強くなった。

しかし、この尋常ならざる感情を抱いた直後に心の奥でドアが閉まる音が鳴り響き、いとこに王位を譲って平民として生きる可能性への道が永遠に閉ざされたのを悟った。彼は金色に輝く牢獄(ろうごく)に入りつづけるしかない。息子の存在がすべてを変えてしまった。すべてを。彼の血統は彼の知らぬ間に受け継がれ、継承者が誕生したのだ。コスタンディンは、頼んでもいない赤ん坊を産み、彼を罠(わな)にかけた女性を見ようと顔を向けたが、息を切らした子どもの声に気を取られた彼女は気づかなかった。

「ママ！」

コスタンディンは心臓をどきどきさせながら、エメラルドが子どもをすくい上げ、ぐるぐると回転させるのを見ていた。小さな男の子は抑えきれない興奮で悲鳴をあげていたが、コスタンディンは母親の肩越しに不思議そうにこちらを観察している自分と同じ色の瞳を意識せずにはいられなかった。

子どもと一緒にいたブロンドの女性も同じように、彼に無言の視線を送っていた。一瞬、コスタンディンはふいを突かれた。彼女とエメラルドは不気味なくらいに似ている。まるで双子のようだ。

「アレック……」エメラルドの声はためらいがちだった。「コスタンディンを紹介するわ」

「変わった名前だね」エメラルドの腕から滑り下りた少年は、コスタンディンをじっと見上げた。

思いがけず、コスタンディンの口元がぴくりと動いた。「そうだな」彼は厳粛に同意した。「でも、ぼくの国ではポピュラーな名前なんだ」

「それはどこなの？」

「ソフナンティスだ。聞いたことはあるか？」

彼は黒い頭を左右に振った。

「ここから遠く離れた土地で、とても暖かくて日差しが強いところなんだ」

少年は鉛色の空を一瞥した。「行けるかな?」

「アレック!」エメラルドの声には、わずかな絶望が含まれていた。「みんなで家に戻って、コスタンディンにお茶をごちそうしましょう」エメラルドは言葉を詰まらせながら言った。「ごめんなさい、先に妹を紹介すればよかったわ。ルビーよ」

コスタンディンが手を差し伸べると、その女性はその手を取った。「きみたちは双子なのか?」

「ええ」

「エメラルドに一卵性双生児の妹がいるなんて知らなかったよ」人々を魅了してやまないと言われている笑みを浮かべてみたが、今回は明らかに失敗だった。

エメラルドとそっくりな女性は、肩をすくめた。

「そうでしょうね」彼女はコスタンディンをじっと見つめた。「エミーに、あなたたちの関係は一瞬だけだったと聞いているし」

「ねえ、もう行きましょう」エメラルドは慌てたように口を挟んだ。彼女の声の絶望感はさらに顕著になった。

コスタンディンは、自分がこの状況をコントロールする必要があることを知っていた。彼女たちの人生全体に重大な影響を与えるであろう出来事を、双子の感情だけに任せることなど許されなかった。そのためにはどんな犠牲を払っても、すべきことをするしかないのだ。そして彼は、自分と同じような驚くほど青い目を見下ろした。

「きみはビーチに忘れ物をしている」コスタンディンがそう言うと、彼の視線の先を追った子どもは、プラスチック製のサッカーボールが波打ち際にあるのを見た。「競走だ!」コスタンディンは長い間忘れていたような自然さでそう言うと、海岸に向かって走り出した。

一瞬の間があったが、少年がそれに加わり、二人で広大な砂丘を駆け抜けた。コスタンディンはこれまでレースで負けたことは一度もなかったが、今回ばかりは負けを覚悟し、歓声をあげる少年が先を急ぐのを許した。その瞬間、彼は不思議なほど自由を感じた。空気は澄んでいて冷たく新鮮で、広大な空間には自分たち以外は誰もおらず、彼が誰で、どこにいるのか知る者たちなどいなかった。こんな自由を味わったのがどれくらい前のことなのか思い出せないほどだった。エメラルド・ベイカーの衝撃的な発表のせいで、ふたたび自由を取り戻したいという願いは壊されてしまったが。

しかし、アレックが笑みを浮かべてボールを蹴ってきたから、コスタンディンの陰鬱な考えは中断した。彼はすぐさまボールを蹴り返した。即席のサッカーゲームが続き、やがて彼らはビーチを横切って戻っていった。二人のボディガードはブロンド姉妹と合流し、彼らとともに砂丘からこちらを見ていた。まったく共通点が見いだせないグループだと、コスタンディンは思った。彼と彼女たちの人生の二本の線が突然一本にまざり合ったのだ。そんなことなど、彼はまったく望んでいなかったのに。

彼はエメラルドを見つめた。きちんとした服を着た妹の横にいると、彼女は少しだらしなく見え、王妃になることを想像するのが難しかった。しかし、彼女は王妃にならなければいけないと、コスタンディンは険しい表情で思った。そう、彼女はなるべきなのだ。

「これはあなたの車?」SUVが止めてある場所まで行くと、アレックはサッカーボールを叔母に手渡しながら訊いた。

「大使館のものなんだ」

「大使館って何?」

コスタンディンは肩をすくめた。「説明するのはちょっと難しいな」

「車に乗せてくれる?」笑みを浮かべて少年は訊いた。

コスタンディンは微笑(ほほえ)み返した。「いいとも。きみのママさえよければだが」

エメラルドが返事するまで一瞬の間があった。

「もちろん構わないわ」彼女は明るく言った。

コスタンディンはエメラルドのほうへ歩いていった。そして、そっと耳元に顔を近づけ、彼女以外の誰にも聞こえないようにささやいた。

「あとで――」彼女のにおいに気を取られないようにして、彼はなんとか口を開いた。「二人だけで話そう」

7

「座ってくれ」普段は深みのある彼の声が、なぜか耳障りに聞こえた。

エメラルドは、火のついていない暖炉の前に立つコスタンディンの姿に慣れようとしていた。家のなかは死ぬほど静かだった。アレックは二階で眠っており、ルビーは外交的な理由から外出させられ、エメラルドは小さな借家の居間で王と二人きりになった。セーターの下の素肌は氷のように冷たく、ぐちゃぐちゃになった感情のせいで血液は凍りついているように感じられた。王のボディガードたちが外にいて、彼らの巨大な車が狭い車道を実質的にふさいでいるのはわかっていても、王が自分の家にいるのは異様な状況に感じられた。彼が家のなかを見ていると思うだけで、心が沈んだ。家のなかをできるかぎり片づけてはいるが、ここに三人が住むほどの広さはない。

コスタンディンは最初、エメラルドを食事に誘って、話をしようと言った。彼と向かい合って座り、気乗りしないまま食事するのは、彼女にとって最もいやなことだった。それに、いったいどこに行くつもりだったのだろう。地元のレストランは調理を電子レンジに頼りすぎているし、仮にふさわしい服を持っていたとしても、彼のためにドレスアップなどしたくなかった。彼に気を使っていると思われたくなかったし、誘惑されたくもなかった。そのため、彼女は今朝、彼が荷物を取りにロンドンの宿まで送ってくれたときと同じジーンズとセーターを着たままだった。

「わたしは立ったままでいいわ」エメラルドは硬い口調で告げた。「それに、ここはわたしの家なのだから、あなたに指図されたくないわ」

彼の口元がこわばった。「子どものことは、もっと前に話してくれるべきだった」彼は吐き出すように言うと、目を細めた。「彼にはＤＮＡ鑑定が必要だ」

「たった五歳の子どもの皮膚に針を刺すことをわたしが許すと思うなら、あなたはとても愚かね」

「そんなことをする必要はない」彼の声は憤慨の色を帯びた。「頬の内側を綿棒でこすってもいいし、髪の毛だって構わない」

「それだって、アレックに影響を与える処置だわ」

彼女は吠えるように返したが、息子が二階で昼寝しているのを思い出し、声を落とした。「なぜ彼にそんなことをするのか、どうやって説明すればいいの？」

「他にいい考えがあるのか？」彼のサファイア色の

まなざしが彼女をじっと見つめた。「息子がいると言うためにぼくに会いに来たとき、何が起こると思っていたんだ。ぼくがただ肩をすくめて、〝知らせてくれてよかった〟と言って立ち去るだけだとでも思ったのか？　それを聞いたぼくが、すべてを忘れるとでも？　ぼくは王なんだ、エメラルド。ぼくには王国と領地と宮殿がある。ぼくの子どもには、それらすべてを受け継ぐ権利がある。そのことを考えずに、ぼくに会いに来たのか？　きみの行動が彼に影響を与えるとは考えなかったのか？」彼の声が重々しいものになった。「それに、ぼくたち全員にとっても」

彼の言葉は衝撃的で、エメラルドは二人掛けのソファに身を沈めた。実のところ、彼女はこのことを深く考えていなかった。相続についてなど考えたこともなかった。子どものいない国王に息子がいることを伝えるときがきたと直感しただけだった。

しかし、それが真実のすべてではなかった。彼女は内心、コスタンディンにもう一度会いたかったのだ。子どもの父親と連絡を取りたいという欲求が抑えきれなかったのは、すべてアレックのためと自分に言い聞かせてきたけれど、今となっては、自分が愚かしいロマンティックな夢を描いていただけだとわかっている。ルビーのアドバイスに耳を傾け、コスタンディンに会うべきではなかったかもしれない。

「ＤＮＡ鑑定しなくても大丈夫よ」

「なぜそう思う」彼の青い視線が彼女を切り裂いた。「ぼくの国は、母親の証言だけで王国の継承者を受け入れるわけにはいかない。そんな傷ついた顔をしないでくれ、エメラルド。ぼくは事実を言っているだけだ」

「でも、彼はあなたに似ているわ」彼女はささやいた。「そうでしょう？　彼があなたにそっくりだと、誰だって見ればわかるわ」

深いため息をつきながら、コスタンディンはうなずいた。彼女の主張には反論の余地がなかったからだ。まるで鏡で見るのと同じような瞳を少年に見たとき、彼の空虚な心臓は鼓動を高く打ち鳴らさなかっただろうか？「ああ、確かにそうだ。でも、ソフナンティスは、国王に不気味なほど似ているという以上の証拠を必要としている。黒髪碧眼の少年たちが大挙して宮殿にやってきて、ぼくが父親だと言い出したらどうする？」

「なぜ、そんな可能性があるの？　何人くらいの相手と、一夜かぎりの関係を持ったの？」

　もしコスタンディンが、自分にこれほど不注意な行動をとらせたのは彼女だけだと伝えたら、いったいどんな反応が返ってくるだろうかと思った。だが、それを伝え、誤解させる必要はない。なぜなら、センセーショナルな曲線と美しい双眸によって引き起こされた、圧倒的な興奮による行為だっただけなのだから。「ぼくの女性遍歴は、ぼく以外の誰にも関係ない。ぼくたちの息子について話すべきだ」

「あなたの息子だと認めたの？　わたしの話を信じてないのかと思ったわ」皮肉な口調で彼女は言った。

　彼は顔をしかめた。「きみの激しやすさには説得力がないにせよ、もしきみに理性を保つ準備さえできていれば、ぼくはきみが真実を語っていることを受け入れる準備ができている」

　エメラルドは怪訝そうに彼を見つめた。「それはどういうこと？」

　コスタンディンは憤懣やるかたない気持ちになった。ほんの数時間前まで、彼は新しい人生の可能性を見ていた。しかし今、この小柄な金髪の女性が放った一撃のせいで、彼の計画は台無しになってしまった。彼が熱望していた自由は、絶望的な夢として終わったのだ。「予定していなかったが、ぼくには継承者が必要になったということだ」彼は口元をこわばらせた。「それも、法的に認められた継承者が」エメラルドに彼の言葉をじっくり考える時間を与えるため、彼は壁に歩み寄った。壁には何枚もの白黒写真が飾られていて、それらの写真はすべてアレックの成長記録だった。黒髪で痩せこけた新生児だったアレックの頬がしだいに丸みを帯び、微笑みをたたえる愛らしい幼児へと姿を変え、そして徐々に、今日出会ったばかりの少年の姿へと変わっていった。

「これらは、きみが撮ったのか？」コスタンディンの胸が締めつけられ、声がかすれた。

「ええ、写真を撮るのが趣味なの」

「どの写真もすばらしい」彼は驚きとともに言った。

彼女はまばたきをした。「まあ、ありがとう」

突然、彼はエメラルドに背を向けた。今の内面を表すような表情を見られたくなかったのは、彼女に攻撃手段として利用されたくなかったからだ。「ぼくたちが婚姻関係になければ、この少年は公的に認められず、法的地位も得られない。庶子と呼ぶ者さえ出てくるだろう」

「それ以上、聞きたくないわ」

「エメラルド、なぜ真実から目をそむけて時間を無駄にするんだ。ぼくたちには簡単な解決策がある。アレックが王位継承権を得るためには、きみがぼくの妻になればいいんだ」

彼女は恐怖にも見える表情で立ち上がった。それは、彼に対する侮辱にも等しかったが、奇妙なことにそうは思わなかった。彼女の燃えるような反抗心が信じられないほど輝いて見えて、彼は自分の心臓が力強い鼓動を刻むのを感じた。

「いやよ！」彼女はそう宣言した。

「いや？」彼は信じられなかった。

「あなたとは結婚できないわ」

「なぜだ？」

「だって、離婚したばかりじゃない」

「それがどうしたっていうんだ」

「離婚した直後に再婚すれば、国民にどう思われるかしら。そんなことをすれば、あなたは……軽薄に見られてしまうと思うの」

「軽薄？」コスタンディンは彼女をにらみつけた。彼を罠にはめた彼女の唇から出る侮辱にはかぎりがないのだろうか。「国民は、王が身を固めているという安心感を好むだろう」

「ルーリエタのことはどうするの？　彼女はあなたの再婚を受け入れられる？　いくらあなたたちの離婚が平和的なものであったとしても、すぐに再婚されて喜ぶ女性はいないわ」

エメラルドがみすぼらしい絨毯に目を落としたのを見たとき、コスタンディンはこめかみが脈打つのを感じた。自分とルーリエタの突然の結婚の知らせが、当時の彼女にひどい衝撃を与えたのではないかと考えている自分に気がついた。彼女にどこまで話すべきなのだろう。というのも、他人とは感情的な距離を置くという彼の基本的な考えにもかかわらず、彼女に真実を告げれば、彼が望んでいることが容易になるかもしれないからだ。少なくとも、彼が必要だと考えるだけの真実を。「ぼくの結婚について、きみに話しておこう」

「いいえ、聞きたくない。何が起こったのか、わたしに説明する必要はないわ」たじろいだ彼女は、即座に返してきた。「結婚については、他の人たちと同じようにネットニュースで読んだから」

「いいから聞いてくれ、頼む」口早にそう言った彼に彼女は不愉快そうな顔をしながらも、窓の外の花びらのような雪片を背景に窓の下枠に座ろうとした。その一瞬の姿に、コスタンディンは気を取られた。外の淡い光が彼女の髪を照らし、彼女の瞳は葉が萌え出ずるような緑色になり、とても魅力的に見えた。だからといって、彼女を信用するつもりはないが。

けれど、彼は彼女に結婚してもらう必要がある。

「ルーリエタはぼくの亡き兄、ヴィサールの婚約者だった。隣国の王女で、生まれながらにして彼と婚約していた。政略的なもので、彼女の持参金は、長い間係争中だった土地をソフナンティスの領土に戻すために必要なものだったんだ」

「あなたの国が、時代とともに動いているのを見るのは嬉しいことね」彼女は皮肉まじりに言った。

「一夜にして、何世紀もの歴史を変えることは不可能だ！」彼は吐き出すように返した。「彼女は自分に与えられた逃げ道、父親という最も悪意のある男の影響下から逃れることができるという事実に、じゅうぶん喜んでいた」

エメラルドは目を細めた。

「兄が亡くなったのは、結婚式の準備の真っ最中だった。彼の無謀な行動が原因だったんだ」コスタンディンの声は、兄に対する失望を隠せなかった。

「地面がぬかるんでいたことで馬は物怖じしたうえに、兄は二日酔いだった。狩りは決して行われるべきではなかったし、事故も決して起こるべきではなかった」彼は重いため息をついた。「そして、兄の死は、ルーリエタを窮地に追いこんだ」

「結婚話が消えれば、あなたの国は土地を手に入れることができなくなるから？」

「土地などどうでもよかった」彼は、自分が欲に駆られているという彼女の推論に腹を立てながら言った。「兄の婚約者が未婚のまま帰国すれば、父親から信じられないような残酷な仕打ちを受けることになるとわかっていた」

「まあ」彼女はかすかに言った。

「ルーリエタの父親は重病で、余命数カ月であることが知られていた。だから、ぼくが兄の代わりに結婚することにしたんだ」彼は短く笑った。「彼女との結婚はほんの短いものになるはずだったのに、結局六年近くも続いてしまったが」

「便宜結婚ではじまっても、人の気持ちは変わるものなのでしょうね」彼女はゆっくりと言った。

「いいや、そうではないんだ。ぼくたちの結婚は、書類上でしかなかった。結婚期間が延長になったのは、迷惑なことだった」

「でも、あなたは結婚生活に馴染んでいたのよね？」

「人間はもともと順応性があるものだ」彼は笑った。

彼女はまるで、彼の最後の発言の背後にある意味に不快になったかのように唇をすぼめた。「そして、あなたはわたしにも便宜結婚を提案しているのだから、この手の取引は明らかにあなたの性に合っているのね」

「ぼくに合うかどうかの問題ではない。そういうものなんだ。有史以来、王には最善な結婚が求められてきた。感情や、いわゆる愛の気まぐれよりもずっと確実な結婚が」彼は目を細めた。「だから、きみはぼくの妻になるべきだ」

エメラルドは座っていてよかったと思ったが、窓の下枠は決して快適な席とは言えなかった。コスタンディンは彼女に求婚したのだ。劇的とはほど遠いプロポーズだった。月明かりに照らされるなか、膝をつくわけでもなく、小さな箱から輝くダイヤモンドの指輪を取り出すわけでもない。彼はプロポーズに付き物の台詞をいっさいはぶいたので、彼女だって同じように返答をはぶいてもいいはずだ。たとえ彼が自分の子どもの父親だとしても、そんな無情な男性との結婚に同意できるとは思えない。

それなのに……。

彼女は唾をのみこむと、頭のなかでうごめく考えを無理やり認めるしかなかった。二人の間には、息子の存在以外の何かが確かにあった。まず、彼と一緒にいると底知れぬ安らぎを感じられるが、二人の立場の違いを考えるとそれは奇妙な感覚だった。そして、彼との性的な化学反応も軽視できなかった。彼の燃えるようなまなざしだけで、彼女の全身はとろけてしまう。それに、彼といると笑顔になれる。

今日ビーチで、アレックがコスタンディンと過ごすのを見た。その後、彼らはここに戻ってきて、アレックは誇らしげにサッカーのトロフィーを父親に見せていた。エメラルドがアレックに食事を作っている間も二人が話しているのが聞こえてきて、息子は彼女が手にしたことのない、父親という存在を手に入れられる可能性があるのだと感じた。それだけでも、自分が傷つくことに対する恐れから目をそむける価値はあるのではないだろうか。現実だけを見ていればいい。恋愛について根拠のない夢を見る必要はもうない。二人の結婚はただアレックのためと思えばいいのだ。

「理論的には、あなたとの結婚に同意しても構わないと思ってる」彼女は慎重に言った。

「よし」彼は突然、手首に光る時計に目をやりながら言った。「それなら、できるだけ早く契約を結んだほうがいい」

「契約?」

「そうだ。きみとアレックがソフナンティスに来る前に、ぼくの弁護士たちに契約書を作らせる。彼が成人するまでの最長で十三年間、期限つきの結婚だ」そこで彼は言葉を切った。「結婚の解消後、きみは大金持ちになれるだろう」

数秒間、エメラルドは何か聞き間違えたのではないかと思ったが、彼の冷静な表情がそうでないことを示唆していた。そして皮肉にも、非現実的な夢を見ないよう自分に言い聞かせていたにもかかわらず、結婚についての詳細を聞いているうちに彼女の心は一気に急降下した。

コスタンディンは、彼女のことなど気にかけていない。一夜かぎりの関係でしかなかった相手が、今は目的を達成するための手段になっている。それは、冷酷なビジネスの取り決めでしかない。

しかし、彼の人間味のない言葉が、彼女に状況をはっきりと理解させてくれたことに感謝すべきかもしれない。なぜなら、彼女もまたこのゲームに参加しており、コスタンディンはそれを理解する必要があるからだ。「さっきも言ったように、理論的には同意するわ」彼女はこわばった笑みを浮かべた。「でも、最終的な決断を下す前に、試用期間が必要なのは明らかね」

「試用期間だって？」一瞬、彼は沈黙した。「何が言いたいのかよくわからない」

「あなたが言っているのは、わたしの人生を大きく変化させるほどに重大なことなのよ、コスタンディン」

「ぼくに継承者がいるとわかったのも、ぼくの人生を大きく変えるほどの重大事だ、エメラルド」

エメラルドは彼の氷のような視線を受け、それに怯（ひる）まないようにした。「まさかわたしがどんな国かを調べもせずに、アレックを学校から引きずり出して、見知らぬ国に連れていくとは思っていないわよね？　まずは、わたしだけであなたの国を見てみたいわ」

「彼の存在を知った今、このままここに置いていくことはできない。プラヴェゼロには優秀なインターナショナルスクールがあるし、宮殿で家庭教師をつけることもできる」彼の声は力強かった。「彼とともに来てほしい」

「あなたはそう思っているのでしょうね。でも、最終的に決めるのはわたしよ」彼女は、彼の口元がこわばるのを見た。「どうしたっていうの、コスタンディン？　あなたはいつも、最終決定権を持つことに慣れきっているの？」

「ぼくは王だから、当然のことだ。心配なら、妹も一緒に連れてくればいい」

それを聞き、不安が一気に彼女を襲った。なぜなら、エメラルドがいちばん望んでいないのは、双子の妹が宮殿に滞在し、ときに残酷なアドバイスを姉に与えることだったからだ。「わたしたちはここエンブルトンで仕事をしているの。仕事を放棄して、二人ともいなくなることはできないわ」

「きみたちの留守中に人を手配することは可能だ」彼は切り出した。「今日中にここに寄越すこともできる」

エメラルドは、フォークロア調の服装で店を切り盛りしている姉妹に代わって宮殿のスタッフが入ることになったら、地元の人たちはどんな反応を示すだろうかと想像してみた。「あなたは、お金さえ出せばなんでも解決すると思っているの？」

「ぼくの経験では、確かにそのとおりだ」

「そう聞かされても、まだ答えは出せない」彼女は腕時計に目をやった。「そろそろルビーが戻ってくるから、顔を合わせる前に帰ったほうがいいわ」

サファイアのような青い瞳が、苛立ちの光を放った。その瞬間エメラルドは、コスタンディンが彼女に対して興奮していると感じ、鼓動が速まった。どれだけ否定しようとも、自分も同じ感情を抱いているとわかっているからだ。彼女の欲望も気づかれているだろうか。それとも、うまく隠せているのか。もし彼がこの狭い居間を横切ってきて、彼女の腰に手を回したらどうなるのだろう。もし彼が彼女の反対を押しのけて自分の国にエメラルドを連れ去り、それにアレックも同行させようとしたら、いったいどうすればいいのかわからない。

そして彼女の一部は、彼がそうすることを願っている気がしてならない。そうすれば、彼女はわずらわしい責任を免れ、人生で一度だけ、誰かにすべての決断を委ねることができるのかもしれないからだ。

しかし、彼はそんなことはしなかった。目のなかの炎は消え、花崗岩から削り出されたような硬い表情で彼女を見つめた。

「きみがこれほど頑固だとは思わなかった」

「わたしは母親よ。子どもを守るためなら、なんだってするわ」

エメラルドは、ドアを開けようとする彼の顔が急にこわばったことを不思議に思った。

「明日、また連絡する」そう言うと、コスタンディンは外に出た。エメラルドはドアを閉め、彼の車が遠ざかっていく音を聞きながらソファにうつ伏せになって頭を抱えた。

そうしているうちに、ルビーが帰宅した。「それで、どうだった?」妹が部屋のなかを見渡した。

「彼は帰ったわ」

「それはわかってるわよ」ルビーはカーテンを閉めて双子の姉のほうを向くと、コートのボタンを外しはじめた。「実際に彼に会えてよかった。彼がセクシーでパワフルなのは否定できないし、あなたがなぜあんなことをしてしまったのかもわかったわ。だけど、あなたの人生に彼みたいな男性は不要よ。報われない恋になるって、明らかじゃない」

「そのとおりね」

「結局、どういうことになったの?」エメラルドとまったく同じブロンドが、ルビーの肩の上で揺れた。「秘密保持契約と引き換えに、彼はお金を提示した? こういった場合はたいていそうなるらしいから」

エメラルドは、ついさっきのやり取りを思い起こした。「結婚しようって言われたわ」

ルビーは乾いた笑みを浮かべた。「もちろんあなたは断ったんでしょ?」

「最終的な決断を下す前に、試用期間が必要だと言ったの。まずは、アレックを連れずにソフナンティスに行きたいって」

長い沈黙のあと、ようやくルビーが口を開いた。

「冗談でしょう?」

エメラルドは首を左右に振った。「わたしがいない間、アレックの面倒を見てくれる?」

「それは構わないけど……」ルビーは横目で姉を見つめた。「でも、どうして? 正気を失っているとしか思えない」

「アレックに、父親を知る機会を与えたいの」そう返しながらも、エメラルドは自分が正直に答えているのかどうか疑問に思った。コスタンディンに対する彼女の気持ちは複雑で、夫婦としてうまくやっていけるかどうか知りたいという気持ちもあった。けれど、もしそれを口にしたら、ルビーはショックを受けるかもしれない。かつて知っていた男性がまだ存在するかどうかを確認するため、彼が築いた外壁を壊したいと告白したら、やはり妹はショックを受けてしまうだろうか。「もし今何もしなければ、アレックがじゅうぶん大人になったとき、どう説明すればいいの?」

ルビーは、一卵性双生児特有の直感的な鋭いまなざしを彼女に向けた。「エミー、気をつけて。あの男は危険よ。わたしたちがここで一緒に築いてきた幸せのすべてを脅かしかねない」

「わたしがそれを知らないとでも?」そう答えながらも、エメラルドには危険そのものが非常に強力な媚薬(びやく)であることがわかりつつあった。そしてそれは、何よりも恥ずべき感覚だともわかっていた。

8

「陛下、彼女の乗った飛行機が着陸いたしました」

事務処理に没頭していたコスタンディンは机の後ろから顔を上げ、招かれざる客のように広大な執務室の入り口をうろつく秘書の視線を受け止めた。

エメラルド・ベイカーがソフナンティスに到着したようだ。彼は深い満足感に満たされた。彼女が気持ちを変えて来なくなるのではないかと真剣に考えたことはなかったが、その可能性はつねにあった。二人の爆発的な性的相性のよさから彼女を簡単にあしらえると考えていたが、今や彼は、あの曲線美のブロンド女性が扱いづらいと認識せざるをえなくなっていた。実際、最近のやり取りでは、彼女の頑固さが彼のそれに匹敵したこともあった。「わかった。他に何か用はあるのか、ロレンク。ぼくは今、とても忙しい」

「陛下」ロレンクはためらいを見せた。「ミス・ベイカーの訪問が知れ渡れば避けられないであろう質問に、記者室はどのように答えればよろしいのでしょう。彼女は独身で、平民でもあります」

コスタンディンは署名していた公文書の山に金製のペンを置き、椅子の背にもたれかかった。「エメラルドをぼくの妃（きさき）にするつもりではいるが、当分の間、その情報を知ることができるのは、きみとぼくの警備責任者だけだ。それから、あそこに人は配置できたのか？」村の名前を思い出そうとして、彼は顔をしかめた。

「エンブルトンですか？　はい、陛下。少年はしっかりと保護されています」

「よろしい。結婚の予定が発表されるまでは、エメラルドの訪問理由は隠しとおすんだ」

ロレンクは緊張した面持ちで咳払いをした。「その場合、彼女の滞在理由を準備しておく必要があります、陛下。最大のリスクは、つねに王室のスクープを狙うタブロイド紙の存在です。今のところ、ミス・ベイカーはあなたとの結婚を望んでいないというのに、もし外部に本当の滞在理由がもれでもしたら、外交上の悪夢になります」

コスタンディンは目を細めて秘書を見つめながら、緊張が全身に走るのを感じた。国王になることを望まなかったように、彼は子どもを望んだこともなかった。彼自身の子ども時代は地獄のように惨めだっただけに、自分は家族を作る気などまったくなかった。しかし、もう賽は投げられたのだ。

そのとき、この旅行は試用期間にすぎないと主張しながら彼に立ち向かってきた、小柄なブロンド女性の決意に満ちた表情を思い出した。これまで彼は、思いどおりにならない女性になど会ったことがなかった。女性たちはいつも彼に合わせようと、わざわざ手を尽くしてくれた。だが、エメラルド・ベイカーは息子のこととなると、たとえ王が相手でも虎のように凶暴になるかもしれないと本能が警告した。そんなふうに自分のことを心配する母親を持つのは、子どもとしてどんな感じなのだろう。そう思うだけで、切なさを感じた。けれど秘書の手前、すぐにその考えを打ち消した。

「今は声明など不要だ」彼はぶっきらぼうに言った。「エメラルド・ベイカーはここに残り、必ずぼくと結婚する。ぼくの申し出を断る女性が本当にいると思うか？」

秘書は緊張した笑みを浮かべた。「もちろんそんなことはありません、陛下。わたしの愚かな提案でした」

「彼女が宮殿に着いたら、薔薇の間に通してくれ」

王の気分を察知したようにロレンクは一礼すると、急いで執務室を出ていった。コスタンディンは、ノーサンバーランド州から戻って以来、自分がいらいらしていることに気づいていた。エメラルドをソフナンティスに来るよう説得できたものの、彼女がアレックを連れてこないと決断したことが原因に違いない。しかし、自分の計画を邪魔されたとはいえ、少年を守ろうとする彼女の姿勢には感心する部分もあった。

使用人たちが目を伏せているのを横目に薔薇の間に向かいながら、廊下の壁が迫ってくるように感じた。薔薇の間の前には二人の衛兵が立ち、敬礼しながら二重扉を開けた。

「一人にしてくれ。部屋の外で待っているんだ」彼はそう指示を出した。

だが、薔薇の間のドアが閉まって静けさに包まれても、彼は真の意味では一人になれないと認めるしかなかった。一日中いつでも、王の居場所は逐一記録され、誰もが彼を監視し、みなが彼の話に耳を傾けた。彼が入っていくと、その部屋は静まり返った。混雑した空間では、すべての人間が彼に近づくことを切望した。彼が発する言葉は大切にされ、語り継がれるものとなった。この六年、彼は王国を統治する厳しさに耐えてきた。そして、周囲からの締めつけが緩んだと思った途端、新たな問題が彼を締めつけるようになってしまったのだ。

怒りがこみ上げてきた。なぜエメラルドはもっと早く子どものことを教えてくれなかったのだろう。少なくとも、そうすれば避けられない事実を受け入れる時間があったはずだ。ようやく見えてきた自由を最後の最後で奪われるよりは、自由という甘美な味を期待しないでいるほうがずっとよかった。

フランス窓に向かって歩いていくと、兄が放置していた薔薇の庭園が目に入った。父親の波乱に満ちた人生のなかで貴重な聖域となっていた見事な宮殿の庭は、コスタンディンが受け継いだことでかつての美しさを取り戻した。その庭を目にするだけで父親の痛みや苦しみを思い出し、胸が締めつけられるような気がした。彼は暖炉の上に飾られた父親――亡き国王の肖像画を横目で見た。軍服の上着に輝く数々の勲章があってさえ、父親の目に宿るひどい悲しみを覆い隠すことはできなかった。父親に感情的な弱さを与えたものこそが〝愛〟なのだと、コスタンディンは苦々しい気持ちで思った。

　あまりにも深く考えこんでいたため、ドアをノックする音に気づかなかった。自分の名前を呼ぶ優しい声が聞こえたことで、ようやくエメラルドが目の前に立っていると知った。彼女を目にするなり股間が昂(たかぶ)るのは覚悟していたものの、それに伴う心臓の雷鳴に驚くと同時に、苛立(いらだ)ちを覚えた。なぜ、これほどまでに彼女への反応が激しく、コントロールが利かないように感じる瞬間があるのだろう。彼は自制心があり、意志が強いと自負していたが、エメラルド・ベイカーとのセックスはあらゆる己のルールを破り、まさに至福の時間を与えてくれた。だが、手に負えないほどの欲望の強さは、人間を弱くするとしか思えなかった。

　ゆっくりとエメラルドを見つめると、彼はまた苛立ちを覚えた。ソフナンティスの王の前に召喚された女性で、このような格好をした者は他にいない。彼女の腕はむき出しで、薄っぺらな素材のトップス越しに、かすかに胸のカーブが見て取れた。彼女はプラヴェゼロの露店で見かけるようなきらびやかなサンダルを履き、三つ編みにした髪が金色のロープのように肩にかかっていた。薔薇色のモザイクが施された古風な部屋に、彼女はふさわしくない姿をしていた。しかし、彼女は美しかった。鼓動が高鳴るのを感じながら、彼は貪欲にその美しさを認めた。

ジーンズを穿いた天使だ。

「こんにちは、コスタンディン」

彼は欲望と憤慨の間で引き裂かれそうになりながら、数えきれないほどの公式訪問をこなしてきたことですっかり身に染みついた形式的な態度で応対することを余儀なくされた。「エメラルド、きみに会えて嬉しいよ」

彼女は用心深く彼を見た。「本当にそう思っているの？」

「お互いに会えて嬉しいふりをしよう。道中はどうだった？」

「必要以上に長かったわ」エメラルドは彼をにらんだ。「どうしてフランクフルトまで飛んでから別の飛行機に乗り換えなければならなかったの？　直行便を予約してくれるくらいの、金銭的な余裕はあると思っていたのに」

金銭的に余裕がないせいで直行便を予約しなかったという彼女のとんでもない発想に、彼の唇には楽しげな笑みが浮かんだ。「ドイツからのフライトだと、追跡が難しくなる。つまり、マスコミはきみの飛行経路を追えなくなるんだ。きみの身元をできるだけ曖昧にして、きみと息子を守ろうとしただけだ」

しかし、彼女は彼の説明に少しもなだめられた様子はなく、ただ親指をジーンズのベルトに引っかけ、反抗的な色をかすかに浮かべた緑色の瞳で彼を見つめつづけた。「それに、この国に着陸したとき、これほど熱烈な歓迎を受けるとは思わなかったわ」

彼女の口調に悪戯心が感じられ、コスタンディンは顔をしかめた。「それは皮肉なのか？」

「どう思う？」

「王に対してそんなに無礼な発言をするのは普通ではない」エメラルドが頑固そうに尖らせた唇にどれほどキスしたいかを悟られないようにして、彼は慎重に答えた。

「だからといって、わたしを地下牢に幽閉するつもりでなければいいけど」

「頼む、誘惑しないでくれ」

彼を誘惑するのは、エメラルドがとてもしたいことだ。たとえそれが、どれほど愚かな行為だとしても。しかし彼女は、半貴石がちりばめられたようなテーブルの上にバッグを置き、自分の虚勢を貫く決意をした。それは、ここに来るまでの間中、ずっと練習してきた態度だった。彼女がこうして異国に来るのは、感情的に困難でしかなかった。幼い息子とこれほど遠く離れるのは初めてで、彼がそばにいないことが寂しくてたまらなかった。それに加えて将来への不安もあり、今の気分は最悪だった。けれど、コスタンディンの威圧に屈してしまえば、ここに来た意味はなくなってしまう。そのためには、できるだけ普通に彼と話さなければ、うまくいくこともいかないだろう。

だが、彼女の世界にはもう普通のことなど何もないように思えた。プラヴェゼロ空港から、鮮やかな花が咲き乱れる並木道を通り、青く輝く湖の近くにある金色の宮殿に向かうとき、そのあまりの豪華さに、彼女の目は驚きで大きく見開かれた。そして、黒と薔薇と緑に彩られたソフナンティスの国旗を見たときに、彼女は冷水を浴びたような衝撃を受けた。アレックはこれほどの国の王位継承者なのだと、今さらながらに気づかされたのだ。

この先に待ち受けていることの重大さについて、しっかり考えなければならなかった。彼女はノーサンバーランド州でルビーの協力のもと、息子のために多大な労力を費やして生活を築いてきた。ソフナンティスに来ることがアレックにとって最善の選択だと確信できないかぎり、彼女はそのシンプルで幸せな生活を脅かしたくないし、現状を変えるつもりもなかった。

今のところ、彼女はこの国に息子と自分の未来があるとはまったく思っていなかった。宮殿に足を踏み入れた瞬間から、自分の居心地のよさから引き離されたような気がしていた。コスタンディンと再会したとき、自分は彼に何を期待していいのかわからなかった。彼女は、彼が軍用の豪華な服や床まで届くほど裾の長い礼服など、王にふさわしい衣服を身にまとっているのではないかと半ば疑問に思っていたが、それは愚かな幻想にすぎなかった。ソフナンティスは高度に発達した市場経済であり、統治者は衣服の選択にそれを反映させていた。彼の完璧なグレーのスーツはどんな国際的な場にも映えるもので、それを着た力強い男性らしさを隠すことはできなかった。そのとき、王位に就く前のコスタンディンは、世界的なビジネスの成功者だったのを思い出した。

エメラルドは努力して、彼のエレガントな服装から目を逸らし、彼の青い瞳の輝きを見た。「あなたは空港まで迎えに来てくれるかと思っていたわ」まるで不平を訴えるような言い方をした自分がいやになった。

「伝統として、訪問者が王族でないかぎり、王が空港に出迎えに行くことはない。きみが王族でないのは明らかだ」彼の口調とまなざしは冷ややかなものだった。「王として、国で決められたとおりにしているだけだ」

「プロポーズをした相手に対しても、例外は作らないの？」

「前例を作るのを避けるためにも、王は例外を設けないほうがいい」

彼女は冷静でいるつもりだったが、いらいらが募ってきた。「わたしたちの関係は、これからもこうなの？　あなたは自分のことを〝王〟と言いつづけるつもり？　いつからそんな話し方をするようになったの？」

「いつからだと思う？」彼の声が血の通ったものになった。「王冠を被(かぶ)り、王笏(おうしゃく)を手にしたとき——ぼくが王になったときからだ！」

「わたしたちは結婚に耐えられるかどうか、お互いを見極めようとしているのよ。あなたの特権を振りかざしてほしくないわ。だから、わたしを臣下の一人としてではなく、一人の人間として扱ってほしいの」

エメラルドは彼の目に、かすかに信じられないといった閃光(せんこう)を見た。次いで、大きく息を吸う音が聞こえてきた。その瞬間、真実を話すことこそが、この事態を乗り切る唯一の方法だと悟った。

「わかった。それなら、もっとくだけた態度で接することにしよう」彼は一瞬黙ったあと、軽い口調で切り出した。「アレックは元気か？」

母親としてのプライドが彼女のなかを駆け巡った。

「元気よ。今朝、アレックが学校に行くときの写真をルビーが送ってくれたの。とても楽しそうだったわ」彼女はジーンズの後ろポケットに手を伸ばした。「見る？」

「きみが望むなら」

彼女はスマートフォンを取り出し、彼に渡す前に最初の画像を呼び出した。「ご自由にどうぞ」

彼はスマートフォンを受け取ったが、その顔は無表情のままで、エメラルドは写真をスクロールする彼の反応を測りかねていた。それとも、ただ彼が近くにいるせいで、ほとんど頭が働かないだけなのだろうか。なぜなら、大使館の床で彼と情熱的に愛を交わした記憶が、ふいによみがえってきたからだ。その記憶のせいで、彼に触れ、キスをし、そしてその先のすべてのことをしたいと思った。けれど彼らは、彼女がここにいる間、セックスがどのような役割を果たすことになるのかさえ話し合っていなかったし、それは簡単に持ち出せるような類いの話題ではなかった。〝コスタンディン、わたしと寝たいと思っている？〟もし彼女がそんなことを訊けば、彼が欲しくてたまらないと思われるかもしれない。そんなことは、あえて口にしないほうがいいだろう。

彼にスマートフォンを返されたとき、彼女の思考の泡は弾けた。

「そうだな。彼はとても楽しそうに見える」

エメラルドは、彼のあっさりした言葉に幻滅した。たいていの人なら、アレックの一般的なかわいさについて、礼儀としてもう少し丁寧なコメントをしただろう。だがコスタンディンは、望まないことをする必要はないのだとエメラルドは悟った。彼は国王であり、自分の思いどおりにすることに慣れているのを忘れるべきではない。

「彼の明るい性格は、きっとわたしから受け継いだのね」彼女は気さくに言ったが、彼の唯一の返事は、豪華な羽目板の壁のひとつにはめこまれた金色の呼び鈴に手を伸ばしたことだった。

「仕事があるんだ。誰かを呼んできみを部屋に案内させよう。夕食は一緒にとることができる」

「あるいは、あなた自身がわたしを案内してくれてもいいんじゃない？」追い払うような彼の態度がいやで、彼女は大胆に提案した。「空港に迎えに来なかった埋め合わせにね」

彼の表情が信じられないといったものに変わった。「きみはぼくに、使用人の役を演じさせたいのか？」

彼女は肩をすくめた。「それをもてなし上手と言う人もいると思うわよ」

「これほどの王に対する侮辱は、前代未聞だ！」コスタンディンは彼女をにらみつけたが、しぶしぶ承諾した。「わかった。ぼくが案内しよう」

廊下を歩きながら、コスタンディンは周囲から見られていることを強く意識した。小柄なブロンドは彼の広い歩幅に追いつこうと、小走りしていた。中央階段に向かうなか、目立たないことが役割の側近や、背景に溶けこむことが役割の使用人たちからの視線を感じつづけた。今日の彼らは、目立たずにいることを放棄していた。彼らの好奇のまなざしが、エメラルド・ベイカーを異質の存在としてとらえていたからだ。

異質？　その考えが一気に彼の頭に襲いかかった。ルーリエタは王妃として完璧だった。美しく、高貴な生まれで、王族としてなすべきことを熟知していた。

それに比べて……。

宮殿でいちばん大きな客室の前で足を止めてドアを開けると、彼女の柔らかな息遣いが聞こえた。突然、彼は彼女の借家の質素さと、居心地のよさを感じさせる内装を思い出していた。暖炉の上に並んだ小さなサッカーのトロフィー。壁に飾られた癖のある髪をした少年のモノクロ写真の数々は、とても親しみの持てるものだった。そして、テーブルの傷ついた表面には手作りケーキのかけらが残っていた。

コスタンディンは、エメラルドが周囲を見渡すのを見ながら、自分でもわからない感情で心臓が収縮しているのに気がついた。

「美しいわ」彼女が言っているのは、この広々としたスイートルームの居間のあちこちに点在する、貴重な美術品やアンティーク家具のことだろうかと彼は疑問に思った。しかし彼女は窓の前に立って、湖の向こうに連なる山々の遠景を眺めていた。手つかずの自然の美しさほど、彼女に満足感を与えるものはないかのように。

だがよく考えてみると、彼女自身、手つかずの自然体そのものだ。つけまつ毛や、蜂に刺されたように膨らんだ唇もなければ、高級サロンでセットした髪形もしていない。だからこそ、彼女に魅了されてしまうのだろうか。そして、小さいながら完璧な体から目を離すことができないのだろうか。薄手のシャツはその下にある肉体を想像させてくれるし、色あせたジーンズは彼女のお尻の曲線にぴったりと張りつき、きらめく髪はそのカーブに届きそうなほど長い。彼は、続き部屋の中央にある四柱式ベッドの上で裸になり、彼女の熱く引きしまった熱のなかに身を任せたいと願っていることに気づいた。

エメラルドの肉体的な魅力に疑いの余地はなかった。彼女が宝石のように輝く目でこちらを見つめたとき、それを確信した。けれど、今はそんなことに気を取られている場合ではない。彼女の子どもが彼の夢に致命的な一撃を与えたのを思い出すべきだ。豊満な肉体が、彼を罠にはめたのだということも。彼女は息の根を止めるほどの計算高さで、彼がセックスの甘い余韻に浸るのを待ってから、息子のことを告げた。一瞬の隙を突いて、彼にとどめを刺した。

それが女というものだと、彼は不機嫌に己に言い聞かせた。冷酷で、目的のためならどこまでも利己的になれるのだ。

彼女の顔の柔らかな美しさに対して彼は固く心を閉ざしながら、ドアの脇にある金色のボタンを指差した。「このベルを押せば、誰かが来る」

「ランプの精のジーニーでも現れるのかしら」

「望みがあれば伝えるといい」彼女の軽口を無視して彼は続けた。「この宮殿には図書館やプール、それにシアタールームもある。敷地は広大で、きみが見たければ、園芸チームが庭園を案内するだろう。夕食はシルバーダイニングルームで八時からだ。正装してくれ。何か質問はあるか?」

「シルバーダイニングルームはどこなの?」

「ぼくたちが最初に歩いた広い廊下の、銀の扉の向こうになる。でも、誰かが案内してくれるだろう」

「フォーマルなドレスなんて持ってないわ」

彼は苛立った。「なぜだ？」

「ちょっと考えてみて」彼女は人差し指を鼻にあてて、当惑の表情を見せた。「宮殿で国王とディナーをご一緒するためのドレス選びなんて、ほとんどの人にとって無縁だと思うの。ファッションに敏感な妹も、それに同意したわ」

彼はため息をついた。「それなら、今夜は間に合わせの服装で構わない。だが、ジーンズはだめだ。絶対に。わかったか？」

「はい、陛下」彼女は重々しく答えた。「わかりました」

コスタンディンは踵（きびす）を返そうとしたとき、ずっと頭の片隅に追いやっていたことを思い出した。

「彼にはなんと説明したんだ？」その言葉を無理やり口にすると、胸が痛んだ。

「彼？」

「アレックのことだ」彼はうなるように言った。

「一週間ソフナンティスに滞在することと、あなたがそこの王様だというのは話したわ。アレックは、王様に招待されたわたしが、太陽の下で休暇を過ごすと思っているの」

「いや、そうではない。ぼくについて話したのか？ぼくが彼の父親であると」

「もちろん話してないわ」

「もちろん？　まだ話してないのか？」

「話すには早い気がして」エメラルドは長いまつ毛をしばたたかせると、警戒するような表情になった。「それに、わたしたち二人から話したほうがいいと思ったの」

「では、彼は今も気づいていないのか？」

「コスタンディン、彼はまだ五歳よ。初対面の男性すべてを、自分の父親だと思うわけがないわ」

コスタンディンは、彼女を傷つけるとわかっていても、その言葉をこらえることができなかった。彼の希望と夢をすべて壊した彼女を、傷つけたかったからなのかもしれない。「ぼくには想像もできないな」硬い口調で彼は言った。「きみが何人の男とどんな状況で会うのかを」

「あなたは……」エメラルドの頬がピンク色に染まり、唇は怒りで引きつった。「わたしがアレックに、定期的に恋人を紹介しているとでも思ったの？」

「それを説明するのはきみだ」

エメラルドは怒りとショックでめまいがしそうになりながら、拳を握った。コスタンディンに批判されているからというだけでなく、彼との関係が大勢のうちの一人でしかないように軽んじているからだ。彼にとってセックスはとても機械的なもので、ベッドにいたエメラルドは、単に顔のない女性の一人にすぎなかったのだろうか。彼女がバスルームの冷たい床の上でうつ伏せになり、妊娠検査薬で陽性反応が出たことを信じられない思いで見つめているとき、コスタンディンは美しい王妃を迎えることが決まっていて、きっと婚前にセックスだって楽しんでいただろう。それなのに、批判する立場にいるとでも思っているみたいだ。

彼は明らかにエメラルドが何か言うのを待っているが、プライドが邪魔をした。普段から彼女が守っているのは自分の評判だけでなく、ライフスタイルもだ。この六年間、彼女は禁欲的な生活を送ってきて、アレックは母親が誰かと一夜を過ごすのを目撃したことなどなかった。コスタンディン以外の男性には、まったく興味がわかなかったのだ。

「わたしたちが出会ったとき、わたしがヴァージンだったのは知っているわよね」彼女は静かに言った。

「それはずいぶん前の情報だな。今ぼくたちが話しているのは、そのことじゃない」

「あの夜以来、誰とも一夜をともにしてないわ」彼女は唇を噛んだ。なぜなら、認めるのが恥ずかしかったったからだ。「あなただけよ」

彼を喜ばせるため、あるいは彼に自分をもっと高く評価してもらうために告白したとは思っていなかった。けれど、彼の唇が歪むのを見て、失望の波が彼女を襲った。

「なぜきみを信じなければならない、エメラルド」

彼女は彼を見つめた。「どうして信じてくれないの？」

「女は嘘をつくからだ」彼は厳しい口調で言った。「DNAに組みこまれている」

彼の厳しい非難に彼女は息をのんだが、怒りさえも彼への欲望を抑えることはできなかった。彼もそれに気づいているだろうか。隣室に続く開け放たれたドアの先には、見たこともないような大きなベッドがあり、蜂や鳥や花の刺繍が施された美しいベルベットのカバーがかけられている。もし今、彼にベッドへと連れていかれたら、彼女は自分を見失うに違いない。彼に対する心と体のせめぎ合いでは、飢えた体が毎回勝ってしまう。後悔するようなことを言ったりしたりする前に、二人の間に高まっている緊張を解かなければならないと彼女は思った。

「あなたはかわいそうな人ね」彼女は臆しながらも伝えた。

「かわいそうだって？」

「女性に対して、絶望的なまでに冷めた見方しかできないからよ！」エメラルドは断言した。「もう用がないなら、行ってちょうだい。アレックに電話しなきゃならないから」

生意気な庶民に不作法な言葉で追い払われたことに、彼のまぎれもない苛立ちを見た。顎をこわばらせ、冷ややかなまなざしではあったが、彼は国王の威厳を持って会釈すると、それ以上何も言わずに部屋から出ていった。

9

この廊下には見覚えがある。そして、突き当たりに置かれた背の高い大理石の彫像も覚えている。ということは……。深呼吸をしながらドアを押し開け、エメラルドが部屋のなかに足を踏み入れると、銀色のアーチ形の天井からダイヤモンドの滝のように流れ落ちるシャンデリアが出迎えてくれた。しかし、見たこともないような美しいダイニングルームであるにもかかわらず、彼女の心をとらえたのはコスタンディンだった。彼は開け放たれたフランス窓のそばに立っていた。

彼女に挨拶しようと振り返ったコスタンディンの顔は、容赦のないものだった。「遅いぞ」非難の言葉が彼の口から出た。

「たった十分、遅れただけじゃない」彼の姿を見るだけで胸の鼓動が高鳴るが、なんとか落ち着いた声を出そうと努力した。いまだ彼女は、さっきの彼との会話を引きずっていた。彼女が多くの男性と関係を持っているとか、嘘をついているとか、そんなふうに彼に思われているのがつらい。エメラルドは傷つけられたものの、コスタンディンの姿に魅了されずにいるのは難しかった。彼の背の高さは、暗い色味のフォーマルなスーツによって強調され、雪のように真っ白なシャツは、彼の輝く肌ときらめく青い瞳を完璧に引き立てていた。彼はとてもゴージャスだ。そして、とても怒っている。「ごめんなさい」

「謝罪ではすまされない。国王を待たせるのはマナー違反だとわからないのか？」

「わたしはあなたの臣下ではないから、あなたに服従する必要はないの。わたしは他の人と同じようにあなたを扱おうとしているだけ。だから、そんな大げさなことを言わないでちょうだい。遅れたのは、道に迷ったからよ。迷路みたいに広いんだもの」

「ここは宮殿だ。もちろん広い！　なぜダイニングルームに案内してくれる者を呼ばなかったんだ」

「自分で見つけたかったの。誰かにいつも道を教えてもらっていたら、覚えられないから。とにかく、人に頼ってばかりいるのはいやなの」彼女は肩をすくめて付け加えた。「それに、いつも使用人がそばにいると、居心地が悪いわ」

「それなら、庭で食事をすると聞けば、きみは喜ぶだろう。そのほうがリラックスできると思う」

それは思いがけない心遣いだった。エメラルドは、フランス窓から続く淡い薔薇（ばら）の花壇に囲まれた庭にテーブルが置かれ、ぱりっとした白いリネンが敷かれた上にキャンドルがあり、銀のカトラリーやクリスタルのグラスが輝いているのを見た。彼のあとを追って外に出たとき、彼女はその雰囲気に酔いしれずにはいられなかった。なぜなら、薔薇の香りも相まって、目の前の光景がとてもロマンティックに感じられたからだ。でも、それは見せかけだけだと、彼女は自分に言い聞かせた。そして、彼の次の言葉が、彼女の考えを裏づけた。

「フォーマルな服がないと言ったのは、謙遜ではなかったんだな」彼は椅子の背にもたれかかると、彼女を冷静に観察した。

エメラルドは動揺しないように努めた。これはチャリティショップで幸運にも手に入れることができた最高のドレスで、めったに着ることのない一着だ。流行の最先端ではないが、実用的で清潔感があり、毎年春になると咲く黄色いサクラソウとまったく同じ色をしていた。

ルビーが自分の服を貸してくれようとしたが、エメラルドは断った。彼女はコスタンディンに本当の自分を見てもらいたかったのだが、その考えは間違いだったのかもしれないと感じていた。もしかしたら、彼は母親からよく忠告されていたような、美しさを外見だけで判断する浅はかな男の一人なのだろうか。

「食事の間くらい、批判的にならないでくれる？　あなたの辛辣な言葉を浴びる気分じゃないの」彼女は反抗的なまなざしを彼に向けた。「わたしを庭に連れ出した本当の理由は、人に見られるのが恥ずかしいから？　あの巨大なシャンデリアのまぶしい光の下にいるよりも、星明かりの下にいるほうが目立たないと思ったからなの？」

「ばかなことを言うな、エメラルド」彼は一瞬沈黙すると、物思いに耽るように言った。「きみが知りたいなら言うが、今夜のきみはとてもすてきだ」

突然、彼女の確信が揺らいだ。「そう思ってくれているの？」

「しかし、宮殿での生活には並外れた要求があるんだ」安心したいという彼女の気持ちを無視して、彼は口早に続けた。「きみには新しいワードローブと、正しい方向に導いてくれる人が必要だ。宮殿のスタッフの誰かが、プラヴェゼロでの買い物を手伝ってくれるだろう」

「そんなに急がないで。わたしがこの国に滞在するかどうかを決める前に、買い物する必要はないわ」

「滞在中は公式行事に出席し、王室の生活を体験してもらう必要がある。そうすることに、同意してくれていたはずだ」薄明かりのなか、彼の視線が彼女を射貫いた。「人々は見ているから、いい結果をもたらさないだろう。きみがそのような服装をしていては……」

「そのような、って？」

「エメラルド、なぜぼくにきみを侮辱する機会を与えるのをやめないんだ。そんなことをすれば、対立を生むだけだ」

「だって、あなたは対立を好むタイプでしょ？」

「あるいは、きみがぼくの最悪の部分を引き出しているだけかもしれない」

二人の視線が無言のままぶつかり合った。エメラルドの胸がコットンのドレスの下で重くなり、突然、彼に対する自分の体の反応と、それをコントロールできないのがいやになった。なぜ彼だけに、彼女をこんなふうにさせる力があるのだろう。

「それで、これからどうなるの？」エメラルドは疑問を口にした。「わたしが誰なのか、なぜここにいるのか、みんな不思議に思うでしょうね」

「もちろん、質問されるのは避けられない。だが、そのことと、きみが見せてくれた写真のことをずっと考えていた」

「どの写真のことかしら？」

「アレックの写真だ」

息子の名前を彼の口から聞くのは奇妙な感じがした。彼の息子でもあるが。「壁にあったモノクロ写真？」

彼はうなずいた。「ああ、きみが趣味で撮ったと言った写真だ」

「ええ、そうなの。どこに行くにもカメラを持っていくのよ。ポートレートを撮るのが好きなの。時間があるときにね」

「今、きみには時間ができた」彼の長い指は、何か落ち着かないことでもあるかのように、水の入ったグラスを手に取った。「ここしばらくの間、ぼくの広報チームは、ぼくのイメージを一新するよう、うながしてきた」彼はしぶしぶといったふうに打ち明けた。「最近の世論調査によると、ぼくは厳格でユーモアがないと見られている。おそらくきみなら、国民がぼくを見る目を変える手助けができるだろう」

「わたしに奇跡を起こすことはできないわ」

コスタンディンは微笑(ほほえ)んだ。それはまるで、灰色の重い雲の切れ間から差しこむ、暖かな太陽のようだった。彼はよくそういった笑みを浮かべる。それをフィルムにおさめられたらどんなにいいだろうと、彼女は切ない気持ちで思った。

「きみが誰なのかを知っているのは、ロレンクとぼくの警備責任者だけだ。ここできみに役目を与えれば、人々の好奇心を払拭することはできなくても、不要な好奇心を逸(そ)らすことができる。もちろん、写真の肖像権はすべてぼくにある」彼の目が光った。「だから、将来的に、ぼくに対して使用できる便利な交渉材料になるかもしれないとは考えないでくれ」

エメラルドは彼を見つめた。「どうして人をそんなに疑ってかかるの？」

「ぼくの立場になってから、同じ質問をしてみるといい」彼は冷笑した。

エメラルドの返事は、繊細な銀の大皿に盛られた料理を運ぶ使用人たちの到着によって押しとどめられた。彼女はまだコスタンディンのことをほとんど何も知らなかったし、二人の間には子どもがいるにもかかわらず、一緒に食事をするのはこれが初めてだ。「質問についての話が出たから、わたしもいくつか質問してみようかしら」

コスタンディンが合図すると、使用人たちは即座に姿を消した。「なんでも訊(き)いてくれ」

「わたしが知りたいのは、あなたがどんな生活を送ってきたのかよ。どこの学校に通っていたのかとか、そういったこと。あなたの人生について知りたいの」

コスタンディンは顔をしかめた。誰も彼に個人的な質問などしない。たとえ誰かが彼と知り合いになったとしても、一方的な質問は厳禁だった。しかし、自分について話すことに深い嫌悪感を抱いていたにもかかわらず、今回ばかりは避けられないと彼は認識した。エメラルドには知る権利があるからだ。

「ぼくは十一歳までこの国の学校に通っていたんだ。その後、スイスの寄宿学校に預けられた」

「お兄さまと一緒に？」

「いや、母はそんなことを決して許さなかった。母は兄を愛しすぎていて、自分のそばから離すことができなかった」彼は皮肉な笑みを浮かべた。「だから兄は、この国の学校に通いつづけた」

「それで、スイスでの生活はどうだった？」

彼はぼんやりと彼女を見つめた。「すばらしい学校だった。フランス語、ドイツ語、英語を流暢に話せるようになったし——」

「待って、聞きたいのはそういうことじゃないの。寄宿学校に行くと、たいていの人が思うことってあるでしょう？　両親やお兄さまが恋しくなかったの？」

コスタンディンは、自分の話を邪魔した彼女を叱りつけたいのを我慢した。彼女が欲しいのなら、それなりの努力をしなければならない。そして、自分が彼女を求めていることに疑いの余地はなかった。

彼の目はじっと彼女を観察した。安っぽいドレスを身にまとい、宝石はいっさい着けていないにもかかわらず、本当に美しい。しかも、滝のように流れる金色の髪は宝石に匹敵するほどで、彼はその絹糸に指を通したいと強く思った。テーブルの下で足を伸ばし、爪先で彼女の太腿に触れ、彼女の湿った熱を刺激し、彼の名を叫ばせたい。けれど、欲望は人を弱くするものだとわかっているだけに、彼は努力してその衝動を抑え、質問に意識を戻した。

「いや、兄が恋しいとは思わなかった。ぼくたちはまったく性格が合わなかったからね」彼は淡々とした口調で答えた。「両親にも会いたいとは思わなかった。むしろ、離れられてよかった」

「どうして？」

「どうしてだと思う？」

「仲が悪かったの？」

「両親を不快に思っていたんだ」これは事実をはっきりさせる絶好の機会だ。彼の両親の例を挙げて、彼女が彼に期待できること、そして決して期待してはならないことを知らせるのだ。「ぼくの両親は王族のしきたりを破って愛のために結婚した結果、その結婚は大失敗に終わった」

「相性が悪かったからなの？」

エメラルドの柔らかな声にはためらいがあり、詮索しているようには感じられなかった。コスタンディンは彼女の緑色の瞳を見つめながら、彼女がアレックのことを告げたタイミングは最悪だったが、思慮深さだけは疑うことができないと思った。

「ぼくの母は人を操ることに長けていて、父はすっかり彼女の術中にはまってしまった。彼女は自分の美貌と肉体を利用して、欲しいものを手に入れようとしたんだ」彼女の表情を見て、一旦言葉を切ってから続けた。「エメラルド、きみはショックを受けているようだね。自分の母親を批判するのは、きみにとってそこまでひどいタブーなのか？」

「そうね、ほんの少し」彼女は注意深く言った。

「ぼくの批判は当然のものと思ってくれていい」彼は強い口調で断言した。「母は父を自由に操った。さまざまな相手と公然と浮気をして、父が勇気を振り絞ってそのことを指摘するたびに、大きな目を彼に向け、〝愛している〟と告げたんだ。そして父は、毎回その嘘に騙されてしまった。すべては、父の目が曇っていたからだ」

エメラルドは彼が語る辛辣な言葉に口を挟まなかった。彼女は人の話を聞くのに慣れており、こちらが黙っていれば相手が話すと知っていた。そしてコスタンディンは今、決められた台詞(せりふ)のように淀(よど)みなく話している。オーダーメイドのスーツと輝く紋章入りのカフスボタンは、まるで芝居の衣装のようだった。美しい庭園とライトアップされた宮殿は、舞台装置のように見えた。あたかも王という役を演じていた彼が、突然、己の役割を忘れてしまったかのように話している。

「心理学者なら、ぼくが女性と心理的に距離を置く理由として、両親の例を挙げるかもしれない」彼は柔らかな口調で続けた。「しかし、それが問題になるのは、ぼくたちのどちらかが非現実的な期待を抱いている場合だけだろう」

コスタンディンの鋭い視線が彼女を切り裂いた。

「そして、きみとぼくは、互いの気持ちについて何の幻想も抱いていないはずだ。そうだね、エメラルド？」

「ええ、もちろんそんなことないわ」彼は、彼女の気持ちを危ぶんでいるのだろうか。だからこそ、自分の気持ちを明確にする必要性を感じたのかもしれない。

「ぼくは魂の伴侶(ソウルメイト)を探してなどいない。そんなものが存在するとは思っていないからだ」

「わかったわ」

「でも、これだけは言える。ぼくはきみと過ごすのを楽しんでいると」

「喜ぶべき？」

「もしぼくがきみの立場なら、間違いなくそうすると思う。それに、ぼくたちの性的な相性を否定するつもりはない」

「でも、あなたはわたしに、他にも多くの男性がいたと考えているのよね」挑戦するように彼女は返した。「そして、わたしはそうする権利が完全にあったにもかかわらず、そうしなかったの。あなたに信じてもらえないのが、いやでたまらない」

コスタンディンは彼女の怒りに満ちたまなざしを受け、うなずいた。「悪かった。きみを信じる。腹が立ったからあんな暴言を吐いたんだ。アレックはぼくの息子だと信じているし、ＤＮＡ鑑定を要求するつもりもない」

「よかった」彼の突然の謝罪に、彼女は少しほっとしたようだ。

「聞いてくれ、エメラルド」彼はゆっくりと続けた。「ぼくたちはどちらも、息子に最善を尽くしたいと考えているはずだ。だからこそ、この結婚はうまくいくと思う。きみがぼくの限界を理解し、ありのままのぼくを受け入れてくれることと――」彼の陰のあるまなざしが警告を発した。「ぼくを愛するようになるという間違いを、決してしないかぎりは」

10

エメラルドはサッカー場ほどの広さがあるベッドで、電話の呼び出し音によって目を覚ました。知らない番号からだ。まさか、アレックの学校の教師から、怪我(けが)をして病院に運ばれたなどといった連絡だろうか。しかし、イングランドとソフナンティスには時差があるのだから、愛する息子はまだ寝ているはずだと思い出す。

母親なら誰もが抱く不安を押しのけ、彼女は着信ボタンをタップした。「もしもし？」

「ぼくだ」

エメラルドは胸の高鳴りを呪いながら、深呼吸をした。「コスタンディン？」

「きみは、他の誰かからの電話を待っていたのか？」

「違うわ。知らない番号だったから確認しただけよ。わたしに電話をかけてきたのは初めてでしょう？　でも、あなたの番号を知ることができてよかった。だって、この広い宮殿で、どうやってあなたに連絡すればいいのかわからなかったから」

コスタンディンが返事するまでに、一瞬の間が空いた。「ぼくの部屋は、きみの部屋のすぐ隣だ」

「そうなの？」急に心臓がどきどきしてきた。「そういえば、そう言われたような気もするけど……」

「たぶん、忘れてしまったのだろう」

彼の深みのある声に、なぜか親しみが感じられた。彼は昨夜、自分の本音を話したという安心感から、彼女と戯れようとでも思っているのだろうか。そのとき彼女は、薔薇の香る庭の暖かな空気を切り裂くような、彼の言葉の脆さを思い出した。〝ぼくを愛するようになるという間違いを決してするな〟そう言った彼の傲慢さに、彼女は腹を立てた。それと同時に、彼との触れ合いを望む自分も確かに存在した。

エメラルドの幼いころの生活は、働きづめの母親が家計のやりくりに苦労していたために楽なものではなかった。ジャガイモの皮を煮てスープを作るほどの貧しさではなかったが、双子は何ひとつじゅうぶんなものがないという現実を体験した。しかし、つねに経済的な不安があったにもかかわらず、双子は母親の気持ちを疑ったことはなかった。双子は母親に愛され、また母親を愛した。

それに比べ、コスタンディンの子ども時代は、贅沢な暮らしにもかかわらず悪夢のように聞こえた。歪んだ関係の両親と、兄を贔屓し、夫に嘘をつきつづける母親。コスタンディンが女性に対して信頼の問題を抱えているのも、恋愛に否定的なのも、不思議ではなかった。

彼女は咳払いをした。「電話をくれたのには何か特別な理由があるの、コスタンディン？」

「スタッフの一人が、きみを買い物に連れていく」彼が他の誰かと話すくぐもった声が聞こえた。「彼女は九時過ぎにきみを迎えに行く。少しは退屈せずにすむだろう」

「わたしは構ってもらう必要がある犬じゃないわ」

彼は笑った。「二時にぼくの執務室に来てほしい。政治家たちとのミーティングがあるから、その様子を撮影してくれ。さあ、ドアの外を見に行くんだ」

「どうして？」

「いいから行くんだ、エメラルド」

好奇心でいっぱいになった彼女は、電話を切って寝室を出ると、居間を横切ってドアを開けた。外に白い包みが置いてある。包装紙を取り除くと段ボール箱が現れ、そのなかには見覚えのあるメーカーのカメラが入っていた。メーカーでも最高額の機種で、自分が手にすることはないだろうと思っていたものだ。彼女はそれを見つめ、胸が高鳴った。これほど高価なプレゼントをもらったのは初めてで、喜びの涙で目がちくちくした。双子の妹と、プレゼントはお金の無駄遣いだと合意して以来、何年もの間、プレゼントを贈られたことなどなかった。

彼女はカメラを指でなぞった。嬉しいのは、プレゼントが高額だからではない。青い瞳の王にこれほど思いやりがあるとは想像もしていなかったからだ。写真を撮ることは、彼女がソフナンティスを訪れた真の目的を隠すための単なる手段でしかない。もし彼女が古くくたびれたカメラを取り出して国王に向けたとしたら、周囲からどう見えるだろうか。コスタンディンの贈り物は、彼女がここに来た理由を証明するための道具にすぎないのだ。

しかし、どんなに理屈をこねても、彼女の晴れやかな気分は冷めなかった。シャワーを浴びて服を着たあと、髪をつやつやになるまでブラッシングした。プリンセス気分で金色のボタンを押すと、数秒後にはメイドのハナがやってきて、宮殿内のさまざまな場所での朝食の選択肢をめまぐるしく提示してきた。しかし、日の光は見たくないものを際立たせる厄介さがあり、明るい日差しはエメラルドの服のみすぼらしさを際立たせてしまいそうだ。

「この部屋で朝食をとってもいいかしら？　ここはホテルではないと承知しているけど」

「喜んで、お客さま」ハナは答えた。「お望みどおりにいたします」

堅苦しい返答だったが、メイドのはにかんだ笑顔には歓迎されているとエメラルドに感じさせる効果があり、その後の朝食は彼女の気分をさらに高揚させた。料理に舌鼓を打ちながら、前の晩はほとんど食べていなかったことに気がついた。テーブルの向こうに座っている手強い男性に釘づけになっていたせいで、食事など眼中になかったのだ。

朝食後、ちょうどアレックとの電話を終えたとき、ドアをノックされた。ドアの外には一人の女性が立っていた。背が高く、赤い髪をしたスリムなモデル体形の女性で、しわのないグリーンのワンピースにエレガントなスエードの靴を合わせていた。彼女はノートとペンを持ち、エメラルドを好奇心に満ちた笑顔で見つめた。

「こんにちは、ジェシカ・ジョーンズです。宮殿のスタッフよ。誰もわたしが来るって伝えていなかったのかしら」彼女はまるで、映画スターのように滑らかなアメリカ英語で話した。話し方だけではなく、見た目さえも女優のようだ。

「もちろん聞いているわ。ただ、考えてもいなかったの……」エメラルドはそれ以上、何も言うことができなくなった。なぜなら、自分をこれまで以上にみすぼらしい気分にさせるような人が来るとは予想もしていなかったからだ。

ジェシカは怪訝そうな顔をした。「準備ができているなら、行きましょうか」

「ええ」エメラルドはバッグを持ち、階下に向かう間、できるだけそれを隠そうとした。車に乗りこむと、ジェシカが何を知っているのか疑問に思った。

「同行してくれてありがとう」車が錬鉄製の門に向かって並木道を走るなか、エメラルドは赤毛の女性に言った。

「どういたしまして。わたしは服が大好きなの」

「あなたはアメリカ人なの?」

「そうよ。休暇でソフナンティスに来たとき、この国が大好きになって、幸運にもここで仕事を見つけることができたの。ハーバードのデザイン大学院を出たことで、普段は宮殿の内装を監督しているのよ。だから、大好きな服を買うお手伝いができるのは、まるでご褒美みたいで本当に嬉しいわ」ジェシカはエメラルドの全身をじっと眺めた。「あなたに必要なのは……すべてということかしら」

エメラルドはうなずいた。「そんなところね」

「非常に変わったリクエストね。それに、とても興味深いわ。ルーリエタ王妃の買い物に同行することもあったけれど、それはたいてい、新しい季節のものを見に行くためだったの」ジェシカは手首にある真珠のブレスレットをいじりながら、ため息をついた。「国王の意図がよくわからないわ。あなたは、どうしてこの国にいるの?」

エメラルドは自分を偽りたくはなかったが、本当のことを言えば、さらに多くの疑問が投げかけられるに違いなかった。けれど、彼女は嘘をつく必要はなかった。コスタンディンに仕事を与えられたからだ。「国王とは昔からの知り合いで、写真を何枚か撮ってほしいと頼まれたの。彼の持つイメージを和らげるためにね。そして、見てのとおり、今のわたしの服装では、背景に溶けこめないでしょう？」

その言い逃れを認めたかのように、ジェシカは微笑んだ。「わかったわ。それに対して、できるかぎりのことをするわね。でも、まずは少し、街を見てみない？」

「ぜひ、見てみたいわ」

彼女たちを乗せた車は、プラヴェゼロの中心街を走った。歴史の重みと現代的な建物が融合した街並に、エメラルドは目を奪われた。そのなかでも、あるガラス張りの建物に釘づけになった。エッジの利いたデザインだが、周囲に植えられた花の咲く樹木によって印象が和らげられていた。外には小さな女の子が本に夢中になっている姿を模した、大理石の像が設置されていた。「とても美しい建物ね」エメラルドは感嘆の声をあげた。「なんの建物なの？」

「子ども図書館よ」笑顔とともにジェシカが答えた。「今の国王になって最初の二年以内に、新しい病院と二つの新しい学校、そしてそれ以外にも数えきれないほどの公共施設が建設されたのよ」

「すごいわ」

「ええ、本当に」ジェシカも同意した。「現国王は彼のお兄さまが王だったときとはまったく違う。彼はソフナンティスに戻ってくるなり、まるで使命を帯びた者のようにこの国を大きく変えた。だから国民は彼を愛しているの」

エメラルドがもっと多くの質問をしようとしたとき、車が店に到着した。個室に案内されてコーヒーを勧められるなか、ジェシカが流暢なソフナンティス語で一連のリクエストを伝えると、何人もの店員が腕いっぱいの衣服を持ってふたたび現れた。それらは、彼女が持ってきたものとは比べ物にならないほどに仕立てのよいスカートやズボン、ドレスやジーンズで、真新しいランジェリーのセットもあった。エメラルドはそれらをすべて試着した。服は大きすぎたり長すぎたりしてサイズの合わないものもあったが、ほとんどのランジェリーはぴったりで、エメラルドをとても魅力的に見せてくれた。

姿見には、見覚えのない女性が映っていた。まるで、昔のエメラルドは消え、新しいバージョンに入れ替わったようだった。もし古いエメラルドが脇に並べば、きっと昔の彼女がじゅうぶんではなかったかのような、奇妙な感じがするに違いない。「選んでくれてありがとう、ジェシカ。でも、こんな高価な服が本当に自分にふさわしいかどうかはわからないわ」彼女は肩越しに、真っ白なズボンの後ろ姿をちらりと見た。「わたしのお尻は大きく見える?」

「まったくそんなことないわ。国王はあなたが小柄だとおっしゃっていたけど、本当に華奢ね」

王は他に何を言っていたのだろう。エメラルドの胸が高鳴りはじめた。そして彼女は、すべきではない質問を口にしてしまった。「ルーリエタ王妃を着飾らせるのは、とても楽しかったでしょうね」

「ええ、とても。彼女は本当にかわいい女性だったの」ジェシカは、まるでチョコレートブラウニーについて語るダイエット中の人物のような口調になった。「麻袋をまとってもデザイナーズドレスのように見える女性がいるのを知っている? 彼女はまさにそうだったのよ」

「そうなのね」便宜上の結婚とはいっても、ルーリエタが完璧だとしたら、なぜ結婚生活は破綻したのだろう。昨夜、コスタンディンが彼女に手を出さなかったのは、この宮殿が彼の前妻とその並外れた美しさを思い出させるからなのだろうか。たとえ結婚が永続的なものでなかったとしても、六年もの間、二人はお互いのことをよく知っていたに違いない。

嫉妬の感情が心に芽生えたが、ジェシカが最後の衣服をハンガーから外して手渡してくれたので、気が紛れたことに感謝した。

「伝統的なデザインからは少し外れるけど、この服は最も有望な若いファッション科の女子学生の一人がデザインしたものなの。さあ、着てみて」

エメラルドは光沢のある布地の服を見て、首を左右に振った。「やめておくわ」

「どうして？」

「だって……」なぜなら、このようなドレスは、エメラルドではなく、ルーリエタのように美しい女性のためのものだからだ。

「試してほしいの」ジェシカは急に優しい声音で言った。「あなたは自分で思っているより、ずっときれいな女性なのよ」

きっとジェシカは、礼儀正しさから言ってくれたのだろう。エメラルドは体にフィットするそのエレガントな長袖ドレスを、試着してみることにした。

普段は小さな泥だらけの指をした子どもと過ごしているだけに、クリーム色のドレスを着るのは初めてだったが、予想外にもその色は彼女に似合い、控えめだがセクシーに見せてくれた。そのうえ、セクシーな気持ちにもなれるが、彼女はそんなことを感じたくなどなかった。自分を遠ざけているような男に欲情したくないからだ。それに、明らかに自分とは違うタイプの女性のためにデザインされたドレスを着たくなどない。そう思ったのに、彼女はそのドレスを他の購入品に加えてから宮殿に戻った。

その後、約束の時間までエメラルドは、宮殿内を把握するのに費やした。まず、庭園の大部分を探検し、次に西棟に向かった。そこには大きな図書館があり、驚くほど多くの本が並んでいた。それらを見ていきながらも、彼女の心を占めるのはジェシカが言っていた〝まるで使命を帯びた者〟という言葉だ。エメラルドは、彼がその特性を生かして、彼女を結婚するよう説得するのではないかと思った。兄を反面教師として努力する彼にとって、エメラルドとの結婚は完璧な王になるための達成すべきもうひとつの目標なのかもしれない。

宮殿内を見て回った彼女は、二時近くになるとカメラを持ち、王の執務室の近くで待機していた。遠くのほうから足音が近づいてくるのに気づくと、エメラルドの胸は高鳴った。

コスタンディンが近づくにつれ、彼が人々に囲まれているのがわかった。すべて男性だ。けれどどういうわけか、彼のそびえ立つ身長と暗く威圧的な顔立ちのせいで、周囲の人々は霧のように実体がなく感じられた。彼女の切ったシャッター音、もしくは背の高い鉢植えの陰に隠れようとした動きのせいなのか、彼に存在を気づかれた。

二人の視線が重なった瞬間、自分が反応しているのをエメラルドは感じた。意識の揺らぎが肌にささやきかけ、胸の先端が硬くなりはじめた。一瞬、彼のまなざしに何かを感じたが、すぐにそれは消え、彼は氷のような無表情になった。

男性たちは好奇心をむき出しにして彼女を見つめ、コスタンディンが立ち止まると、みんなそれに続いた。「紳士諸君、こちらはエメラルド・ベイカーだ。今日の午後のミーティングを非公式に撮影してくれる。よりよく見せようとしなくてもいい。ありのままの姿を撮影してもらおう。そうだな、エメラルド」

「仰せのとおりに、陛下」エメラルドは答えながら、自分の頬がこれほど熱くならなければいいのにと思った。「みなさまにお願いです。わたしがここにいないように振る舞ってください」

言うは易く行うは難し。小柄なブロンド女性が政治家たちのあとを追って執務室に入ると、コスタンディンは痛切にそう思った。エメラルドを招いたのは自分だが、今となっては、なぜ彼女に自分の聖域への立ち入りを許可してしまったのか、疑問でしかなかった。仕事中のはずなのに、彼女のせいで気が散るどころではない。目の端で彼女が動き回り、さまざまな角度から彼を撮影しているのに気づいた途端、彼は集中力を欠いた。

彼は物心ついたときから写真を撮られていた。誕生日やクリスマスに撮られる堅苦しいポートレートや、もっとひどいのは、幸せを装った家族写真だった。これらの撮影は、王族であることの一部であるため、深く考えることなく我慢していたが、小柄なブロンド女性から向けられるレンズの前だと、自分がむき出しの存在になったように感じられた。

昨夜コスタンディンは、今までエメラルドがベッドをともにしたのが自分だけと知り、原始的な満足感でいっぱいになった。けれど、彼を愛するのは間違いだと警告し、彼女と夜を過ごすことはしなかった。そして、つねに熟睡できる彼には珍しく、眠りが訪れない苛立たしい一夜となった。

早朝に馬に乗っても、シャワーを浴びても、股間の痛みが和らぐことはなかった。唯一の慰めは、これほどまでに己をコントロールできていると感じたのは初めてということだ。彼女に抵抗できるのを、自分自身に証明したのだ。そしてそれが、彼に倒錯的な喜びを与えた。

「陛下、この件について何かお考えはありますか？」

ロレンクの言葉により、彼は苛立ちから我に返った。コスタンディンがちらりと顔を上げると、彼女がカメラのレンズ越しにこちらを見ているのに気づいて緊張し、彼はなんとか議論に加わろうと努めた。やがて政治家たちが執務室から追い出されたときには、ようやくほっとすることができた。

「陛下、ミス・ベイカーをお部屋までお送りしましょうか？」

「いや、ミス・ベイカーはここに残る」

ロレンクの眉間にかすかなしわが寄った。「三十分後のペトロゴリア国王との約束をお忘れではありませんか？」

「目の前にスケジュール表があるのに、忘れるわけがない。気を揉まずに、しばらく二人にしてくれ」

「かしこまりました、陛下」ロレンクは媚びへつらうように頭を下げた。

ドアが閉まり、コスタンディンと彼女だけが部屋に残された。延々と続く会議の間中、二人きりになりたかった。彼女は部屋の反対側に立ち、カメラを手にしていた。洗練された新しい服を着ているにもかかわらず、柔らかな草の上に一握りのヒナギクを散らしたように彼女は控えめに見えた。妖婦ではないことは確かだが、今の彼女はこれまで目にしたなかで最も挑発的な女性だ。彼女が唇を開くだけで、コスタンディンのものが今にも爆発しそうにうずくせいで苛立ちがこみ上げるが、彼は笑みを浮かべただけだった。

「望むものは手に入ったか？」彼は訊ねた。

「ええ、写真をたくさん撮ったわ。それがあなたの質問の意味なら、だけど。ところで、カメラをありがとう。でも……」

「でも？」

彼女はためらいを見せた。「率直に言ってもいいかしら」

「きみはいつ、そんなことを気にするようになったんだ？」

彼女はゆっくり肩をすくめた。「もし、さっきのミーティングで何かを変えようとしたのだとしても、あらゆる面で失敗だったと思う」

彼は目を細めた。「どういうことだ？」

「あなたは厳格でユーモアのないイメージを払拭したいと言っておきながら、ミーティング中はずっとしかめっ面をしていた。あなたが微笑んでいるショットは一枚も撮れなかったわ。あなたはずっと真剣な顔をしていたから」

「議題だった環境問題については深刻だ」

「それは誰も否定しないわ、コスタンディン」

「とくに、森林を野生化させることが、必ずしも狼（おおかみ）を大量に繁殖させるとはかぎらないと、当該大臣が地方の人々を納得させられないのならなおさらだ」

「ええ、それはわかっている。だけど、それでもあなたは……」エメラルドは肩をすくめた。「口を引き結んで、どこか上の空だった」

「上の空？」

「会議がはじまる前からそうだった。ここ以外の場所にいたいと思っているように見えたわ」

コスタンディンはその皮肉に苦笑した。「エメラルド、自分がどれだけぼくを侮辱しているかわかっているのか？」

「侮辱したつもりはないわ。ただ思ったことを言っただけ。お互いに正直になる覚悟がなければ、わたしがここにいる意味はないでしょう？　あなたが国王だからといって、敬う必要はないと思うの。とにかく、わたしが言いたいのは……」彼女は苛立ったように彼を見た。「あなたは以前、こんな人じゃなかった。ようするに、わたしはあなたをそれほどよく知らなかったということね」

「そのとおりだ」彼は不機嫌に口にした。

「あのころのあなたは、もっと気楽そうに見えたけど」

気楽？　彼女はそう思っていたのか？　もちろんそうだ。「あのころのぼくは、今とは別人だった」

「何があなたを変えたの？」エメラルドはカメラを机に置いた。「厳格になったのは、国王という重責から？」

彼の本能は口をつぐむほうがいいと訴えながらも、

王室の特権によりエメラルドを叱責すべきとも訴えていた。けれど、彼女は正しいのかもしれない。もし二人が便宜上の結婚をするのだとしたら、せめて彼女には正直でいたい。

「これから話すことは、きみの胸の内にとどめておいてほしい」

「わたしは誰彼構わず話すタイプではないの。信用してくれない、コスタンティン？」

彼女の声は柔らかく、懇願するようなものだったが、長年の経験から生まれた本能が、容易く信じさせてはくれなかった。「誰かを信用するのは、ぼくにとって難しいことなんだ」

「ここでアレックと暮らすようわたしを説得したいのなら、信じてくれるしかないわね」

「それは最後通牒か、エメラルド？」

「当然のことを言っただけよ」

「その反抗的な態度は、国王に対して適切ではない」彼はうなるように言った。

しかし、彼女は今の警告に怯んだ様子もなく、ただ好奇心旺盛な緑色の目でこちらをじっと見ていた。苛立ちのあまり、彼は立ち上がって窓際に行き、薔薇の庭園の美しさとそれが象徴するものすべてを視界におさめた。しばらくして彼が振り返ると、彼女はベルベット張りのソファに腰を下ろしていた。彼女が座る許可を求めなかったことへの本能的な苛立ちを噛み殺さなければならなかった。彼は王位を継承することに不満があった割には、それに付随する特権に順応するのが早かったと、皮肉まじりに認めるしかなかった。

コスタンティンの口から深いため息がもれた。

「ぼくが王に即位したとき、ソフナンティスの物事が見かけどおりではないことを知った。牧歌的な楽園は崩壊しつつあったんだ」

「崩壊？」

「父と兄による大規模な詐欺が行われていた。二人は国の蓄えを自分たちの銀行口座として、使い果たしていたんだ。父は不誠実な母の愛を取り戻すために。兄が金を浪費したのは、依存症のためだ」彼は乾いた笑いをもらした。「そして、ぼくたちはみな、その結果がどうなったかを知っている」

コスタンディンは、エメラルドがショックをあらわにするのを待った。けれど、彼女の表情は冷静なままだった。

「なんの依存症だったの？」

「ギャンブルにアルコール、それにドラッグだ」彼は肩をすくめた。

「お兄さまはリハビリ施設に入っていたの？」エメラルドはゆっくりと立ち上がり、静かに訊ねた。

「いいや、エメラルド。リハビリ施設とは、よくなりたい者が入る場所だ」コスタンディンは辛辣な声で返した。「ヴィサールが死んだとき、国の借金は天文学的な額になっていた。ぼくは自分の財産の一部を使ってリチウム鉱山を開発し、被った被害をすべてもとに戻すためにほぼ六年間休むことなく働いてきた。おそらくそれが、ぼくが以前とは異なる厳しい態度を身につけたことの説明になるだろう」

「でも、あなたにだって、ガードを緩めるときはあるのよね？」

彼女の問いかけによって、彼は大使館での一夜のこと、それに自分の世界が打ち砕かれていなかったときの六年前の夜のことを思い出した。どちらの夜も究極にエロティックな快楽を味わったうえに、どちらも彼女に皮膚を一枚剥がされたような、生々しく無防備な状態にさせられた。そのときの彼は、何かを楽しむと同時に恐れることがどうして可能なのだろうかと、疑問に思っていた。

「めったにない」彼は抑えた口調で答えた。「いいや、王には強さが必要なんだ」

「それはかなり厳しい基準ね」

「否定はしない」

「そして、忘れてはならないのは……」彼女の声が優しいものになった。「いい父親というのは、つねに厳格であってはならない、それは子どもにとって非常に恐ろしいことだから」

それは彼が考えもしなかったことだった。もしエメラルドがその瞬間、壁に背を預け、太陽の光が彼女の髪を純金の流れに変えたことで彼の不安な気持ちを溶かしてくれなければ、自己弁護に近い答えを口にしていたかもしれない。

「それで、どうやってリラックスするの？」

それはあまりに異質な概念であったため、コスタンディンはしばらくの間、答えに窮した。「早朝の乗馬だ。宮殿の厩舎には、立派なサラブレッドがいるんだ」

「あなたが乗馬するところを見てみたいわ」彼女はためらいがちに言った。「あなたの今のイメージを払拭するための、笑顔の写真が撮れるかもしれないし」

コスタンディンは体が緊張するのを感じた。エメラルドは、夜空のように暗くなった緑色の瞳で彼を見つめながら、挑発的な態度を小さな体からにじみ出させていた。彼をあざ笑い、からかい、彼女を抱きたいと思わせる。彼女の熱を感じ、独占したくてたまらなくなる。

しかし、それは時がくるまで実現させることはない。エメラルドが結婚に同意し、アレックがソフナンティスで暮らすと決まってからだ。もし彼女がふたたび彼とのセックスを望むなら、代償を支払わなければならない。彼女に操られることもなければ、強力な官能的魅力に揺さぶられることもないとわからせるのだ。待つことは決意を試すことであり、彼は試されるのが好きだった。何よりも、彼が生涯を通じて築いてきた鋼のような自制心が無傷のままであると安心できる。

けれど今、彼はその自制心が利かなくなっているのを感じていた。空気は欲望に満ちていた。彼女の体は期待で柔らかくなり、彼の体は欲望で硬くなっている。彼女のブロンドからのぞくこめかみが、激しく脈打っているのが見えた。誘惑が肌を舐めるなか、どうにか気を引きしめた。

「もちろん、ぼくの騎乗を見に来ても構わない。行くときは知らせる」

エメラルドがうなずいたとき、彼女の胸の膨らみの上で揺れ動く美しい髪の流れに目を奪われた。彼は急いで机の上で点滅するライトを見て、彼女から気を逸らした。「そろそろ時間だ。次のアポイントはペトロゴリアの国王で、彼はプライベートを大切にするから、フォトグラファーの同席を快く思わないだろう」

「わかったわ」彼女はカメラを持ってドアに向かいながら硬い口調で言った。「長居するつもりはなかったの」

「エメラルド？」立ち去ろうとする背中に彼は声をかけた。

彼女はハンターの銃に狙われた動物のように静止した。

「今日はアレックと話すのか？」

「ええ、もちろん。学校が終わったころに電話するつもりよ」

「彼に――」コスタンディンは、このときばかりはどう言葉を継げばいいのかわからなかった。誰に対しても、愛情を持って話す方法を知らなかったのだ。

「彼に――よろしく伝えてくれ」だから、無愛想にそれだけを告げた。

11

厩舎（きゅうしゃ）の陰に立つエメラルドからは、遠くを走るコスタンディンがよく見えた。まるで流れるような速度で黒く輝く牝馬（ひんば）を駆っている姿に、息をのまずにはいられなかった。漆黒の髪は朝の日差しで赤く染まり、ぴったりとしたジョッパーズが長くたくましい脚を強調し、白いシャツが風になびいている。コスタンディンの存在は、まるでファンタジーの世界から抜け出したみたいだ。

さまざまな姿を見せるのは、彼の意図によるものなのだろうか。大多数の一般人が経験することのない方法で一日を過ごす彼の力強さや魅力を、わざわざ目撃させているのだろうか。それとも、もしエメラルドがコスタンディンの妃（きさき）になれば、彼女の人生もまたそうなるのだと、知らせているのか。

彼女は、彼が小児科病院を開院するのを見届けた。彼の腕に抱かれた小さな赤ん坊という、心温まる光景も見た。ランチやディナーの席では、座って食事をする前に写真撮影が許可されることもあったが、プライバシーの問題があるとロレンクに告げられることもあった。彼女は部屋の端にいて、どう扱えばいいのか誰もよくわからない女性でしかなかった。

けれど、まるでファンタジーの世界から抜け出したような王の過去には、外見だけでは推し量れないさまざまな出来事があった。依存症の兄と浪費家の父親がいた。そして、残忍な父親の魔手から救うためだけに、美しく若い妃を迎えることまでした。コスタンディンの人生は、彼の制御が及ばない悪意ある力によって支配されているかのように見えた。彼が謎めいているのも無理はない。

ふいにエメラルドは、先日、アレックによろしく伝えてくれと言ったときのコスタンディンの表情を思い出した。彼は瞳の輝きを曇らせ、どうしていいかわからないといった空虚な表情になった。もしペトロゴリア王の来訪がなかったら、彼に手を差し伸べ、慰める勇気を奮い起こしていただろうか。

その日は王の執務室で別れて以来、彼の姿を見ることはなく、意図的に避けられている気がした。彼は使用人の一人を通じて、首相とプライベートな夕食会をしているというメッセージを送ってきた。そんな重要なディナーの席に、エメラルドが乗りこんでいくことなどできなかった。

朝日が空高く昇るにつれ、厩舎の周囲が赤く照らされた。コスタンディンと馬が障害物を次々に飛び越えるのを見ているとき、すでに空気は柔らかく暖かくなっていた。

突然、ファインダーのなかの彼がこちらを見た。レンズに太陽光が反射して、厩舎の陰から撮影していたのに気づかれたのだろうか。彼は馬を減速させると、庭を横切って彼女のほうに向かってきた。その光景を見ながら、彼女は次々にシャッターを押した。カメラによって彼を見つめつづけることが許される喜びを、否定するつもりはなかった。彼女はレンズをズームアップして彼の彫りの深い顔に焦点を合わせ、すっきりと通った鼻筋や官能的な唇、それに、無精ひげの伸びた顎のカーブを視界におさめた。彼はエメラルドのそばまで来ると、地面に飛び降りて馬の首を軽く撫でた。

「来ていたんだね、エメラルド」

「乗馬するって言ってたわよね。行くときは知らせてくれるとも。覚えてないの？」彼女は大げさにため息をついた。「さっき、あなたがわたしの部屋の前を通りすぎる音を聞いたの。早朝だから、きっと乗馬をすると思って」彼女は彼の挑戦的なまなざしを受け止めた。「大理石の廊下だと、足音はとても響くのよ」

「ぼくは静かに歩いている」彼は顔をしかめた。

「わたしは眠りが浅いの」彼女は眠りが浅い理由を説明したくなった。それを明らかにすれば、彼はもう少し彼女を理解するかもしれない。「アレックはとても夜泣きする赤ん坊だった。だから、夜中によく目を覚ましていたせいで、今もわたしは眠りが浅いのよ」

それを聞いたコスタンディンの目が陰った。エメラルドは、彼に背を向けられるのではないかと恐れた。目を逸らさないでほしいと思った。

「アレックが恋しいのか？」

まるで何かが喉につかえたように感じながら、彼女はうなずいた。「ええ、会えなくてすごく寂しい。朝も夜も、週末も休日も、一日中そばにいることに慣れていたから」

「どんな感じだったんだ？」彼が急に質問を口にした。「アレックが赤ん坊のころは」

エメラルドのなかで希望の炎が燃えた。彼がそんなことを訊くのは初めてで、何かが一歩前進したかに感じられ、どう答えるかが質問そのものと同じくらい重要であるとわかっていた。「どんな親にとっても、子どもを持つのはとても大変なことなの」彼女は慎重に言った。

「ぼくの母親について話したから、気を使ってそう言っているのか？」彼は顔をしかめた。

「いいえ、本当のことよ。新たな状況への適応は誰だって難しいわ。とくに新生児期は目を離すことができなくて、心身ともにくたくたになった。でも、少なくとも最初の二、三年は母がそばにいてくれたから、わたしはラッキーだった。そして、定年退職後に孫と楽しい時間を過ごそうとしていた矢先、母はひどい肺炎に罹って亡くなってしまったの」

そのことを思い出すだけで彼女の声は少しかすれ、咳払(せきばら)いをした。「金銭的には厳しかったけど、妹のルビーもいてくれたし、なんとかなったわ」エメラルドにとっていちばんつらかったのは、アレックを見るたびに、今、目の前に立っている男性を思い出すことだった。

「なぜ、すぐぼくに会いに来なかったんだ」

「だって、あなたは結婚していたのよ」

「それでもだ」

「怖かったの……」

「ぼくのことが？」

「自分が置かれた状況が。わたしの母は、妻帯者の男性に妊娠させられた。その人は、母に赤ん坊をあきらめさせようとして……」

彼女の言葉を聞き、コスタンディンの顔がこわばった。「ぼくもその男と同じだというのか？」彼は荒い口調で続けた。「子どもを中絶しろと言われるとでも思ったのか？」

「そうでないといいと思ったけれど、確信が持てなかったの。わたしには理解できないほどの、とてつもない権力があるあなたに対して、わたしはどうすればよかったの？」

突然、彼が指先を伸ばし、彼女の頬を撫でた。

「もっと早く、きみはぼくのところに来るべきだった」

彼の言葉は彼女の胸に突き刺さり、エメラルドは悲しみと後悔でいっぱいになった。コスタンディンがアレックと接することができたはずの時間、そしてアレックが父親を知ることができたはずの時間を、自分の心を守るために奪ってしまったのだ。けれど、彼の瞳に非難の色はなかった。そこにあるのは紛れもない欲望で、彼女は凍りついた。この場に満ちる緊張感を解くのが怖くて、身じろぎも話すこともできなかった。彼女のまなざしは、彼に触れてほしいと伝えているだろうか。そして、キスしてほしいと思っていることも気づかれているのか。

突然、コスタンディンはエメラルドを薄暗い厩舎に連れこむと、そこにある牧草の束に押しつけた。息をのむほどの激しさで彼の唇が重ねられると、そっとまぶたを閉じた。彼のキスの切迫感は彼女の増大する欲求と一致しているようだった。彼女の貪欲な指は汗で湿った彼のシャツに伸び、ジョッパーズパンツから裾を引き出してその下に手を潜りこませた。そのまま親指で彼の胸をいじると、低いうめき声が聞こえ、彼の心臓が激しく打つのが感じられた。

「コスタンディン……」吐息とともに彼女はささやいた。

「ぼくを感じることができるか?」彼のものがぴったりとフィットしたジョッパーズ越しに押しつけられて、彼女は本能的に歓喜のあえぎ声をあげた。

「ええ、感じるわ」彼女は震える声で答えた。

勝利を思わせるような笑みを浮かべながら、コスタンディンは彼女の首筋にキスをしはじめた。彼の顎の無精ひげが肌をかすめたとき、彼女は痕が残るのではないかと思った。彼にシャツのボタンを外された途端、シルクとレースの新しいブラジャーに包まれた胸に暖かな空気が押し寄せた。

「ああ」彼が顔を伏せ、シルクで覆われた先端を歯でくわえると、彼女はうめき声をあげた。

コスタンディンの手がジーンズに触れたので、ウエストからなかに手を入れるのを彼女は許した。そして、牧草の束の後ろに引きずりこまれるか、急いで宮殿のなかの寝室に連れこまれるかと思ったとき、急に彼の手や唇が離れていった。

「だめだ」コスタンディンは乱暴に言い、彼女のジーンズの前から手を引き抜いた。

「だめ?」彼をぼんやりと見つめながら、彼女は混乱していた。

「こんな場所や、今ぼくたちが置かれた状況で、きみと寝るつもりはない」すぐに彼は冷静さを取り戻すと、シャツをズボンのなかに戻して厳しいまなざしを彼女に向けた。「それに、ソフナンティスの王が、厩舎で誰かに見とがめられたら問題だ」

「それは、無名の一般人が相手だからということ?」彼女は激しい口調で問いかけ、震える指でシャツのボタンを留めた。

「違う! 妻でもない女性が相手だからだ!」

エメラルドははっと息をのんだ。「これは、わたしを操ることで、あなたと結婚させようとする巧妙な試みなの、コスタンディン?」

「ぼくは事実を述べているだけだ」彼は冷静に言った。「王室の儀礼に詳しくなくても、ぼくたちが厩舎のスタッフの一人にでも見つかれば、どれほど不謹慎だと思われるかわかるだろう。考えてみてくれ。今のところ、きみはこの国でなんの地位もない。ぼくの写真を撮るという偽りの使命を帯びている、インググランド人女性にすぎないんだ」

「偽りですって? そんなことないわ」エメラルドはそう宣言した。「言っておくけど、わたしは自分の撮る写真に自信と誇りを持っているの。たとえ、わたしが撮るあなたの姿が、九割方惨めに見えるとしてもね!」

反論するかのような表情を、彼は一瞬だけ浮かべた。「だが、もしきみがぼくの妻になるなら、きみの立場は変わる。即座に尊敬と地位を得ることができるんだ。そうなれば、ぼくたちは好きなことができるようになる」

「わたしを操ろうとしないで!」彼女は吠えるように言った。「わたしは確信が持てるまで、何にも同意しないわ」

「きみはただ、ぼくに答えを待たせることで、自分が優位なのを楽しんでいるだけなんじゃないか?」

「確かにこの奇妙な宙ぶらりんの状態にいるのは、あまり楽しいことではないわね」彼女は認めた。「でも、あなたを待たせるのはいいことなのかもしれないわ、コスタンディン。なぜなら、そんなことは、あなたにとって初めての経験だろうから」

「いったいきみは、何を待っているんだ」

「明らかでしょう？　情報収集とでも言うべきかしら。正しいことだと確信できるまで、将来について何も決めたくないの」

彼のサファイア色の瞳の奥に賞賛のような色が浮かんだが、相手がコスタンディンだけに確信はなかった。

「これから南の半島まで視察に行く」急に彼が話題を変えた。「きみも一緒に来るか？」

「ロレンクが、移動のときにわたしの席があるかどうかわからないと言っていたわ」

彼は微笑を浮かべた。「もちろん、きみのための席はある」

エメラルドはさまざまな思いに悩まされていたものの、南の半島への旅は予想していたよりもずっと楽しいものになった。なぜなら、コスタンディンがボディガードや側近を一時的に遠ざけ、現地までは二人きりになったからだ。王室専用のヘリコプターで旅することで、彼女が噂（うわさ）になるのはわかっていた。とくに、それが国王自身の操縦によるものであれば、なおさらだ。けれど、彼のいつもの厳しい表情が非常にセクシーな集中したものに取って代わられたのを見ることができたのは、何よりも嬉（うれ）しく感じられた。

ヘリコプターが着陸したときの群衆の反応を見て、ジェシカの言っていたことは正しかったのだとエメラルドは悟った。普段の厳しい態度にもかかわらず、国民は本当にコスタンディンを愛しているのだと、写真を撮りながら強く感じた。

彼女は突然、息子がここにいて、この光景を見ることができればいいのにと思った。きっとアレックは喜ぶはずだ。けれど、それと同時に危険にも思えた。どんな小さな子どもでも、この光景には目を奪われるだろう。王室の生活のきらびやかなうわべだけでなく、その下にある現実にも、きちんと目を向けさせなくてはならないのだ。

コスタンディンは挨拶を終えてコックピットに戻ってくると、横目で彼女を見た。「ぼくの夏の別荘で昼食をとろう」彼はそう言って、ヘッドホンをつけた。

「わたしを感心させるために、自分の所有物を見せびらかそうとしているの？」からかうように質問すると、彼は笑顔をこちらに向けた。

「見てみる価値はある」彼は穏やかな声で約束した。

確かにそうだった。美しく手入れされた緑豊かな広大な敷地のなかに立つ白く輝く別荘は、半島の先端に位置し、沿岸の風から守られた入り江に面していた。着陸の直前、コスタンディンがヘリコプターを敷地の上空でホバリングさせてくれたことで、銀色に輝くプライベートビーチ、巨大なプール、二面あるテニスコートなど、エメラルドは鳥の目線で全貌を眺めることができた。

ぶどうの木で覆われた木陰のテラスで、専属スタッフがランチを出してくれた。エメラルドはいちじくと地元の山羊（やぎ）のチーズののったおいしいサラダに舌鼓を打ち、受賞歴のあるソフナンティス産ワインをグラスに半分ほど飲んだ。食べ終わると、彼女は椅子の背にもたれかかり、海に視線を移した。「水着を持ってくればよかったわ」

コスタンディンは彼女の言葉に反応せず、頭のなかにビキニを着たエロティックな姿が浮かぶのを呪った。彼は、完全にプライバシーが守られ、裸で泳げる入り江を知っていた。

彼は十代のころ、学校が休みの耐えがたい時期によくここに来ていた。王宮の緊張から逃れたくて、彼はここで長い日々を過ごした。いつも違う女の子を連れてきて、解剖学的で機械的とも思える長いセックスに没頭していたのだ。

いったい自分はどう変わったのだろうか。彼は苦笑いした。服を脱いで海に潜りこむ相手が彼女なら刺激的だとわかっていても、そんな秘密の場所にエメラルドを連れていくのは、今の彼にとって簡単ではない。

禁欲は、二人の間でくり広げられているこの奇妙な戦いにおける彼の唯一の武器のように感じられた。彼女はそれを〝操ろうとしている〟と言うかもしれないが、彼はそれを〝非常に頑固であることを証明している女性から、自分の望むものを得るための方法〟と考えるほうを好んだ。

「宮殿に戻ろう」彼は言った。「今夜のレセプションの前にやらなければならない仕事があるんだ」

エメラルドは宮殿に戻るとすぐに、少し水温の低いプールで泳いで体を冷やし、その後アレックに電話をかけた。二人は男子生徒の一人が校庭で歯を折ったことや、ルビーがお茶の時間にカップケーキを作ったことなど、日常について話した。しかし、彼の次の質問にはふいを打たれた。

「ママ、王様はどうしてる？　元気？」

エメラルドの指が電話を強く握りしめた。ある寒い日の午後、自分たちの生活に飛びこんできた魅力的な男性のことなど、息子は簡単に忘れるだろうと甘く考えていた。幼い子どもが、自分が出会った相手が一国の王と聞けば、忘れることなどできるわけがないのに。

「彼は……」彼女の言葉が途切れた。何を言えばいいのかわかっていたが、あまりにも混乱して、一瞬、適切な言葉が浮かばなかったからだ。「彼はとても元気よ。王様にはすべきことがたくさんあって、とても忙しいの」彼女は泳いだあとの湿った髪を指で撫でつけた。「今日は南の半島への視察に、わたしを連れていってくれたわ。ヘリコプターで行ったのよ」

「ヘリコプターで？」

彼女は紛れもない憧れの響きを息子の声に聞いた。なぜ彼女はその部分を聞き逃さなかったのだろう。

「わたしたちは彼の夏の別荘に行ったの。すてきなところだったわ」

「夏の別荘？　海辺にあるの？」

「そうよ。あとで写真を送るわ」

「彼はサッカーをしている？」

「サッカー？」アレックの脈絡のない質問は彼女を困惑させたが、うりふたつな二人がビーチでボールを蹴っていた姿を思い出した。冷たい海辺の風が二人の黒髪の間を吹き抜ける光景は、あまりにも日常的なものに見えた。

そして突然、この華やかさやきらびやかさから離れた場所に戻りたいと願う自分に気がついた。息子の父親が、莫大な富と権力を指先ひとつで操る王でなければいいと願っている自分にも気がついた。もしコスタンディンが普通の男性だったら、もっと幸せになるチャンスがあったはずだ。それとも、単に彼女は、自分の都合のいいように考えているだけだろうか。

「ママ、いつ帰ってくるの？」

その単純な質問に彼女は驚かされた。彼の声は幼く聞こえ、とても不安そうだった。エメラルドの背筋に冷たい汗が流れた。なぜなら彼女は、ソフナンティスへの一人旅の結末をじっくり考えていなかったからだ。一人でここに来ればアレックを王の強大な影響力から守れると思っていたが、甘かったのかもしれない。

エメラルドは窓の外、輝く湖を見つめながら、その先に待っている潜在的な影響をすべて認識した。コスタンディンがアレックに会うのを拒むことはできないだけに、自分が王妃にならなければ、息子と長い間離れなければならないかもしれない。アレックは王位継承者として宣言され、王子として生きることを学ぶようになる。王冠や想像を絶する富で満たされることになる息子の世界で、彼女は永久に脇役に回る可能性があった。

呼吸ができなくなりそうだ。本当にそんなリスクをおかすことができるのだろうか。かぎられた時間だけ許された電話での会話や、父親と一緒に息子が高級車で出かけるのを見送ることしかできない生活に、耐えられるかわからない。しかし、もし彼女がコスタンディンとの十三年間の結婚契約の冷酷な条件を受け入れるのなら、自分だけが蚊帳の外に置かれることはなくなる。

「週末には戻るわ」彼女はゆっくりとアレックに言った。

通話を終えると、コスタンディンの自分に対する態度について考えた。彼は厩舎で彼女に情熱的なキスをし、その後立ち去った。彼の欲望は二人にとって明白だったのに、なぜ途中でやめたのだろう。それは、彼女をうまく操作する必要があると思ってのことなのか、それとも別れたルーリエタの存在が大きすぎて、他の女性との関係など考えられないと悟ったからなのだろうか。数多くの雑誌の表紙を飾った麗しい元王妃と比べれば、エメラルドを取るに足りない存在と考えても不思議ではなかった。

しかし、コスタンディンにすべての条件を委ねつづけていては、二人の関係を次のステップに進められない。自分は彼の臣下ではないと抗議していたにもかかわらず、彼の命じるままに動くことを自分に許していた。かつてクロークルームで彼と談笑し、自分が得たものと同じものを相手に与えていた女性はどこに行ってしまったのか。自分の純潔を喜んで彼に捧げたのは、その選択肢を自分で選んだからだった。

彼女はカメラからメモリーカードを取り出し、コンピューターにセットした。臣下たちと廊下を歩く統治者としてのコスタンディン。黒光りする馬にまたがり、力強さと優美さを兼ね備えたまるで騎馬民族のようなコスタンディン。そして、群衆に囲まれながら歩くコスタンディン。ときおり見せる微笑みが、その威圧的な顔立ちを悲痛なまでの美しさに変えていた。

このまま受け身でいることに満足するのか、それとも自分の欲求を主張し、飼いならされた彼の愛玩犬のように振る舞うのをやめる覚悟があるのか。それによって自分の将来が左右されると気づいた彼女は、コンピューターの電源を切った。自分が本当に何を望んでいるのか、自問しなければならない。

心臓の鼓動が速まった。

彼が欲しくてたまらない。

王としてではなく、男性としての彼を。

ジェシカに勧められて買ったクリーム色のドレスに視線が釘づけになった。似合わないと拒絶していたのに、突然、違う目で見ている自分に気づいた。着る勇気さえ出せれば、大きな変化をもたらすかもしれない。今夜は公式レセプションがあり、ドレスアップが必要なのだ。

このドレスを着て、混雑した会場に足を踏み入れることができるだろうか。心臓の鼓動がますます速まった。これを着さえすれば、きっと取るに足りない人間に見えることはないだろう。

12

　コスタンディンは注目の的になることに慣れていた。彼の王族としての地位が周囲の視線を集めているのは明らかだが、身体的特徴が必然的に人々、とくに女性の視線を集めているのを彼は否定しなかった。本心では、社会的に注目されないことにたびたび憧れたが、今はそれに強い苛立ちも加わっていた。小柄なブロンドで、片方の手にはカメラ、もう片方の手にはきらきらした小さなバッグを持つ、特定の人物のせいだ。そして、まるで金色の星が地上に降ってきたかのように彼女を見つめている大勢の高官たちに気づき、彼はさらに苛立った。

　コスタンディンは、自分よりあとに会場に現れたエメラルドを見て、神経を張りつめさせた。王族の前に会場入りするのが礼儀だということを、彼女はまったく理解していない。それに、彼女の着ているドレスは、いったいなんなのだ。

　心臓が雷のような音をたて、まなざしは彼女に釘づけになった。ふいに彼は、目にしているのは見慣れたエメラルドではなく、セクシーで洗練された見知らぬ女性であることに気がついた。会場にいる他の女性たちのドレスと比べても、彼女のものは特別に露出が多いわけではない。深いネックラインで、サテンの靴がときおりのぞく丈のロングドレスは、実に控えめだ。しかし、豊かな曲線に沿う淡い色の素材は、彼女の体をまるでクリームに浸したように見せ、背中に流れ落ちる髪は黄金が溶けているみたいに輝いていた。突然彼は、公の場にいることとは相容れない強烈な欲望に満たされた。

　彼は眉を上げてこちらに来るよう無言の命令を下

したが彼女はそれに従わず、ただ晴れやかな笑みを浮かべながらカメラを構えてこわばった彼の顔にレンズの焦点を合わせはじめたので、苛立ちはさらに増した。写真を撮るように頼んだのは彼なのだから、プライバシーを侵害したと非難することはできない。彼は故意に背を向け、不快感で口を引き結んだ。撮りたければ、背中でも撮ればいい。もし正面から撮りたいのなら、まず彼の許可を求めればいいのだ。しかし、そのような許可は求められず、彼はカヤーザフから来た新任の大使との会話に耐えることを余儀なくされた。そして、近隣国の王女からの宮殿への招待に対しては、まったく興味がわかずにそっけなくうなずいただけだった。

夜は予想どおり長引き、彼の近くには握手を求める人々がうろうろしていた。それでもエメラルドは近くまで来なかった。結局、彼女を探すために振り向くしかなく、こうして屈服せざるをえなくなったことで、ある種の無言の戦いに負けたような気がした。彼の視線はまるで熱探知ミサイルのようにエメラルドを探した。彼女は行ってしまったのだろうか？　国王よりも先に会場をあとにして、またもや礼儀に反することをしたというのか。

ついに彼は、テラスにいるエメラルドを見つけた。青々とした葉や花を背景に淡いクリーム色の輪郭が浮かび上がっていた。突然心臓が締めつけられるような感覚に襲われ、近くにいたロレンクに目を向けた。

「ぼくの邪魔をしないでくれ」彼はそっけなく指示をした。

「かしこまりました、陛下」

彼は会場を横切ってフランス窓からテラスに出ると、花の強い香りが彼の飢えた感覚を刺激した。彼女は彼に背を向けて立ち、まるで自分の仕事に夢中になっているかのように、ライトアップされた庭園の薔薇(ばら)の写真を撮っていた。

少人数のグループが近くに立ち、シャンパンを飲みながら話していた。彼らはなぜか、コスタンディンを見るとすぐに屋内に戻りはじめた。そして彼は、彼女と二人きりになった。もっとも、フランス窓の向こうには大勢の客がいるが。それでも彼の胸の鼓動は高鳴り、股間はティーンエイジャーの少年のように痛み、全身が何か理解できない感覚で満たされていた。

「エメラルド」彼は声をかけた。

エメラルドはゆっくりと振り向くと、長いまつ毛に覆われた目を彼に向けた。「こんばんは、陛下」

エメラルドの声は聞き覚えのない響きを帯びていたが、彼にはそれがなんなのか理解できなかった。彼女が深いお辞儀をすると、シルクで覆われた胸がかすかに揺れるのが強調され、まるで拷問されている気分になった。彼女の所作が意図的なものだったのか、彼はひどく疑問に思った。過去に多くの女性たちが彼に自分の体を見せびらかしてきたが、今のように感じたことは一度もなかった。

「顔を上げろ」彼の口調が攻撃的になったのは、突然の圧倒的な無力感に苛立ったからだろうか。「こんなところで何をしているんだ」

従順に彼女は顔を上げると、まるで彼の攻撃的な口調の意味を理解しているかのように警戒の表情を浮かべた。けれど、彼女は落ち着きを失わなかった。まなざしには新たな強さと決意が感じられ、それが彼女の輝くような美しさをさらに際立たせていると彼は思った。

「ライトアップされた庭園はとてもすばらしくて、それを撮らないのはもったいないと思ったの。あそこの彫像を背景に、薔薇のすばらしい写真が撮れたわ。見せましょうか？」

「そんな写真など見たくもない。会場に到着したとき、なぜ挨拶に来なかったんだ」

「だって、わたしをにらんでいたから」

「ぼくが？」

「そうよ、コスタンディン。それに、今だってにらんでいるじゃない」そう答えた彼女の大きな瞳は、磨かれた翡翠のように暗く見えた。「わたしはあなたを決して喜ばせることができないようね。そうでしょう？」

一瞬、彼は目の前の相手に苛立ちをぶつけたい誘惑に駆られた。しかし、彼女の胸のシルエットや腰のなだらかなカーブを見ているだけで怒りは消え去り、決意も打ち砕かれるのを感じた。なぜ、避けられないこと、そしてそれにともなう苛立ちを長引かせる必要があるのか。

「今夜、そのドレスを着たのは、この部屋にいるすべての男に見つめられるとわかってのことなのか？」彼は訊ねた。

エメラルドは彼の目に燻るような輝きを感じ、二人の間の何かが変化したと悟った。今日、会場に足を踏み入れ、二人の視線がぶつかり合った瞬間から、彼の目に宿る暗い炎が彼女を熱くさせ、外に避難することを余儀なくされた。しかし、屋外の涼しい空気でさえ体のうずきを抑える効果はなく、そんな彼女の状態に、もちろん彼は気づいているだろう。

「わたしが見つめてほしい男性は、たった一人だけよ」彼女は優しい口調で認めた。

彼の目は紛れもない満足の輝きを放っていた。

「きみの望みは叶った。こうしてぼくがやってきたのだから」

「あなたのことだなんて、誰が言ったの？」彼女は笑顔を隠して言ったが、不機嫌になった彼の表情を見て折れることにした。「もちろん、あなたよ」

彼が答えるまで、少し間があった。「それは、ぼくと結婚するという意味か？」

「それはちょっと飛躍しすぎよ、コスタンディン。まだ決められないわ」

「きみの決断を急がせるために、ぼくにできることは何かないか？」

「あなたがその厳格な殻を脱ぎ捨てて、わたしを遠ざけるのをやめてくれればいいの」

「ぼくがどうしてこうなったか、理由を話したはずだ」

「それなら、もう何も言うことはないわ」

その言葉を聞き、彼は焦りや信じられないという気持ちが入りまじったような顔で彼女を見つめた。

「わかったよ、エメラルド。きみの勝ちだ」

「わたしの勝ちですって？　まるで戦いみたいな言い方ね」

「そのとおりだ。そして、ぼくはこの手の口頭でのスパーリングに間違いなく興奮するが、今にも秘書が呼びに来て、この魅力的な議論を中断されるはずだ。だから、邪魔の入らない場所に行こう」

エメラルドは鼓動が高鳴るのを感じた。というのも、そもそもこのドレスを着てきたのは彼のためなのだから。「でも、公式レセプションの最中なのよ。抜け出すわけにはいかないでしょう？」

「ぼくは王だ。望むことはなんだってできる。それに、もう間もなくレセプションも終わる。今、ぼくがいちばん望むのは、きみをベッドに連れていき、ぼくたち二人を惨めな気分から解放することだ」

「ベッドへ連れていくですって？」彼女は憤慨して言った。

「だが、きみの望みはそれだろう、エメラルド？」

エメラルドは言われたことを考えた。そうではない。彼女はそれ以上のことを望んでいた。彼に甘い言葉をささやかれ、夕日が降り注ぐテラスで情熱的なキスをされたい。腕のなかに引き寄せられて、たくましい体を感じたい。彼の誘惑で我を忘れるほどの欲望に駆られたいし、彼が求めるところならどこにでもついていきたい。だからこそ、言葉だけでセックスをほのめかされるのなんていやだった。

けれど、断るという選択肢は、今の彼女にはなかった。駆け引きをしたり、高慢に振る舞ったりもしたくなかった。彼を抱きしめ、キスをしたい。言葉で表現する勇気のないことを、体で示したくてたまらない。それに、今夜の彼は、初めて近づきやすいように見えたので、こんな機会を逃すべきではないだろう。

「そうね」彼女は注意深く口を開いた。「それこそがわたしの望みよ」

それでも彼は、敷地内を歩きながら彼女に触れようとはしなかった。手をつなぐことも、肩に優しく腕を回すこともなかったが、エメラルドは彼のあとを追って、薄暗い庭園を歩いた。甘い恋物語のような展開など幻想にすぎないと、彼女は自分に言い聞かせた。これは単なるセックスで、今のところはそれでじゅうぶんと思うしかない。

金色のアーチのひとつをくぐって宮殿内に入ったとき、エメラルドは、使用人やロレンクに二人が一緒にいるところを見られたらどう思われるだろうかと心配になった。しかし、コスタンディンは秘密の通路や階段を使ったのか、いつの間にか二階の廊下にまで来ていた。

「あなたの部屋？　それともわたしの？」

「きみの部屋だ」彼は小さくうなるように言った。

コスタンディンが彼女の部屋のドアを押し開けると、エメラルドは失望感に襲われた。彼の寝室が見たくてたまらなかった。二人が結婚するなら、おそらくそこが夫婦のものになるのだろうから。彼の寝室を見せてもらえないのは、今もルーリエタのことを考えているから？　前王妃と何度も夜を過ごしたベッドを使いたくない？　二人は便宜上の結婚だったのかもしれないが、だからといって、情熱的なセックスを楽しまなかったとは思えない。もし、かつての夫婦の寝室を使ったりすれば、ベッドで名前を言い間違えるという不安があるのだろうか。

「きみは緊張しているように見える」

「少しだけ」彼女は認めた。「あなたは？」

コスタンディンは首を左右に振り、彼女に近づきながら口を開いた。「ぼくが感じるのは欲望だけだ」

「明かりを消してもいいかしら？」

「どうして？」彼は静かに訊ねた。「美しいきみが見えなくなってしまう」

コスタンディンは、これ以上待つことなどできなくなった。彼は今までじゅうぶん自制心を働かせてきただけに、今だって自制できると彼女に示すことができたはずだったのに。

エメラルドにキスをした瞬間、彼は肺の奥からわき上がるうめき声を抑えることができなかった。彼女は蜂蜜と薔薇の味、それに震えるほど性的な香りがした。彼は夢中になって彼女の胸を撫でながら、その小柄な体が震える様子を堪能した。

手のひらでエメラルドの尻を包んで強く引き寄せると、突然、彼女の両手が彼の髪に差しこまれ、襲いかかるように彼に近づいた。彼女は必死な様子で腰を押しつけてきたが、服という障壁が二人の間にあることのもどかしさに、逆に彼はそそられた。低く笑いながらそっと彼女を後ろに押しやり、壁際に追い詰めた。彼が腹部を撫でるように触れると、彼女はうめき声をあげた。

「きみのドレスを破かせてくれるか？　そうすることを、レセプションの間中、空想していたんだ」

彼女は目を見開き、まばたきをした。「冗談じゃないわ。これほど美しいドレスなのよ。デザイナーに対する侮辱だわ」

「デザイナーの男は、この部屋にいない。構うものか」

「女性よ」彼女は強調した。「デザイナーは女性なの」

　彼は表情を引きしめる前に笑顔を見せるとファスナーを引き下ろし、エメラルドのドレスを脱がせた。サテンとレースの非常にセクシーなランジェリーだけを身にまとう豊かな曲線を目にして、コスタンディンは息をのんだ。

「エメラルド・ベイカー、きみが欲しい」彼は貪欲に訴えると、震える指先でブラジャーのホックを外して、両手で彼女の胸を受け止めた。「きみはたまらなく魅力的だ」

「本当？」そうした瞬間、彼女は体をくねらせた。

「それなのに、わたしに抵抗するのは簡単だと思っていたのよね」

「ちっとも簡単ではなかった」

「じゃあ、どうして今日まで何もしなかったの？」

「そんなことはどうでもいい。今はただ、黙ってぼくの服を脱がせるんだ」彼は命じた。

　エメラルドは明らかに慣れていない様子だったが、そのたどたどしい動きは彼を喜ばせた。正装の襟を外すのに時間がかかり、それ以外のフォーマルな装身具もすべて取り去るのに時間がかかって、だんだん彼は焦れてきた。やがて、彼の服は二人の足元に無造作に置かれ、身に着けているのは下着一枚だけになった。

「ぼくがどれだけきみを求めているか、きみにわかってもらいたい」彼はうめくように言うと、彼女の下着を剥ぎ取った。

「見ればわかるわ」彼のボクサーパンツを慎重に脱がせながら、彼女は恥ずかしそうに言った。

　コスタンディンは、エメラルドだけが呼び起こすことのできる欲望に突き動かされながら、彼女を抱き上げて寝室に運ぶとベッドに寝かせた。そして彼女にのしかかった途端、自分の体が上下する柔らかな胸とほんの数センチしか離れていないと気がついた。

彼女の瞳の奥深くまで見つめたとき、コスタンディンのなかからそれまでの気楽さはすべて消え去った。「きみはぼくに何をしたんだ?」彼は不安な気分で質問した。「きみのそばにいると、本能がむき出しにされた気分になる」

「きっと、あなたがわたしにしたことと同じよ」エメラルドは唇を噛み、表情をとろけさせた。そんな表情を見せられれば、さらに彼女が欲しくなる。

彼の心臓の鼓動が速まった。体の中心が熱くなり、自分を見失いそうになりながらも、彼は顔を伏せて彼女の肌に唇で触れた。首筋から胸元へとたどり、柔らかな腹部。そして——。

「コスタンディン!」

彼の黒い頭が彼女の太腿の間におさまると、彼女の口から恍惚とした叫びがあがった。そのまま彼の舌は絹のような襞のなかに入りこみ、彼女を震え上がらせた。エメラルドの体が痙攣するまでじっくりと舌で味わったあと、彼は彼女の顔が見える位置に移動した。そして温かな頬に触れた瞬間、彼女は目を開いた。その美しい緑色の双眸は、彼が理解できない色を浮かべていた。それを見るだけで、胸がぎゅっと締めつけられた。その瞳が意味するのは、信頼だろうか。それとも、優しさなのか。どうして彼は、こんなにも無力感を覚えているのだろう。

「エメラルド」そう名前を呼びながら、彼は滑らかな熱のなかに入りこみ、彼女が祈るように自分の名をつぶやくのを聞いた。これは、今までのセックスとは違う。そう感じるのはなぜだろうか。でも、本当にすばらしく感じられるのだ。エメラルドが何度も快感に身を震わせても、彼はこの行為を持続させようとした。けれど突然、これ以上の我慢はできなくなった。今までに経験したことがないほど熱く、激しく、解放のときは続いた。彼の唇からほとばしり出た叫びは、意味をなさないものだった。半ば朦朧としているとき、彼女の指先に触れられた。そして突然、彼は感じた——。

何を？

安心を？

まるで今まで行ったことのない場所に迷いこみ、望むならそこにとどまる機会を与えられているような感覚に近い、安心なのだろうか？

とらえどころのない考えを追いかけていると、道に迷った気分になった。それに、どこからどこまでが自分の体で、どこからが彼女の体なのかよくわからなくなってしまったように思えてきた。自分たちが二人ではなく、ひとつの存在になったような感覚だ。まるで、彼女とセックスしているときみたいだ。自分にいったい何が起こっているのだろう。突然、安心という感覚が、閉所恐怖症のように感じられた。

窒息しそうだし、罠にかかったみたいだ。かつて彼女に、罠にかけられたように。

「コスタンディン」彼女がつぶやいた。

エメラルドの声にこめられた感情を聞きながら、何も答えず、呼吸を整えた。彼女の手が離れていき、ため息が聞こえたが、その切ない音を心から締め出した。彼女が今何を言いたかったとしても、彼はそれを聞きたくなどなかった。

13

朝、目覚めたとき、コスタンディンの姿はなかった。

しわくちゃのシーツに横たわり、昨夜の快感で体が痛むなか、エメラルドは彼が不在の失望など覚悟できていたはずだったが、どういうわけかまったくできていなかった。寝ぼけたまま彼女は起き上がり、コスタンディンが実際にそこにいた証拠を探すようにあたりを見回したが、昨夜の情熱の唯一の痕跡は、寝室の床に落ちているくしゃくしゃになった下着だけだった。

二人の愛の営みはセンセーショナルで、まるで星まで連れていかれたような心地になった。ふたたび彼の腕のなかにいる感覚は、彼女にあらゆる抑制を失わせた。肉体的な満足感以上に、自分が特別だという気分になれた。だからなのだろうか。コスタンディンの隣に寄り添いながら、彼の名前とともに愛情表現をささやきたくなってしまったのは。けれど、彼は眠っていたか眠ったふりをしていたかのどちらかで、結局、彼女がそれらを口にする機会はなかった。だが、何も言わずにすんでよかったに違いない。

さあ、これからどうすればいいの？

そのとき、ドアをノックする音が聞こえ、エメラルドは急いでローブを羽織ると、唇に笑みを浮かべて居間に駆けこんだ。けれど、居間に立っていたのはメイドのハナだった。王であるコスタンディンが、ドアをノックするわけがなかった。

「遅い時間になりましたので、この部屋で朝食を召し上がりますか？」ハナが丁寧に訊ねた。

エメラルドは装飾の施された時計の文字盤に目を

やった。そろそろ十一時になる。どうして彼女は、こんな時間まで眠っていたのだろう？

もちろん、理由はわかっている。

久しぶりにぐっすり眠ることができた。今までで、いちばん深い眠りになった。二人が愛し合っている間、疑問や緊張はすべて消え去り、エメラルドの世界のすべてが思いどおりに感じられた。もっとも、彼女が望んでいた親密なピロートークは実現しなかったけれど。だけど彼女は、コスタンディンが何も言わずにベッドを抜け出したのを不満に思うよりも、この出来事によって勇気づけられるべきだと考えるようにした。きっと彼は、彼女を起こしたくなかったに違いない。映画のなかの男性たちは、〝きみはよく眠っていたから起こしたくなかったんだ〟という台詞をいつも言っているではないか。

後ろ向きな考え方をするよりも、前向きな考え方をすべきだ。

「ありがとう、ハナ。だけど、階下の朝食室で食事をいただくわ」彼女は慎重に口を開いた。「国王は朝食を、もうおとりになったのよね？」

ハナは驚いた顔をした。「国王は朝食を召し上がりません」

エメラルドは顔をしかめた。けれど今は、一日をきちんとした食事ではじめることの栄養面での利点や、それでは将来的にアレックにいい手本を示せないことなどを言っている場合ではない。実は今日こそ、コスタンディンと二人で、アレックとビデオ通話をする予定なのだ。彼女の胸にかすかな期待感が浮かんだ。もしかしたら、コスタンディンは厩舎をバーチャルツアーして、彼のすべての馬を紹介してくれるかもしれない。ノーサンバーランド州に住む少年にとって、わくわくできる体験になるだろう。

彼女はシャワーを浴び、ふわっとしたレモン色のワンピースを身に着けて階下に下りた。朝食室に向かう途中、彼女はコスタンディンに挨拶することにした。もし将来的に彼女が王妃になるのなら、許されることだと思ったからだ。

王の執務室に続く補佐官室で、彼女はロレンクを見つけた。彼は机に向かって熱心に仕事をしていた。立ち上がって彼女に挨拶する際には礼儀正しかったが、彼の表情は友好的とは言えなかった。

「おはようございます、ミス・ベイカー。どうされました？」

「おはようございます、ロレンク」エメラルドは彼に微笑(ほほえ)みかけた。「コスタンディンとちょっと話がしたいの。今日の彼の予定はどうなっているのか、何かいい写真が撮れる機会があるかどうかを確認したくて」

「それはできかねます」

彼の口調に、彼女の口元がこわばった。「どうして？」

「国王はすでに会議のため、ソフナンティス議事会場へと出かけております」

そんなことは、まったく聞いていなかった。「彼はわたしに伝言を残したかしら？」

ロレンクは目を細め、まるで遺憾の意を表しているような表情をした。「残念ながら、何もございません。ミス・ベイカー、国王は今日、とても忙しいのです」彼は滑らかにそう告げると、彼女を送り出すように廊下に面したドアに向かった。「ですが、あなたが彼を探していたと伝えておきます」

もし、ロレンクが言ったように、今日はコスタンディンにとって忙しい日であるなら、アレックとビデオ通話をする時間はなさそうだ。失望しながら執務室のほうをちらりと見たとき、大きく開いたドアから誰もいない机の上に置かれた肖像画が見えて、心臓の鼓動が速まった。一度も会ったことがないにもかかわらず、彼女はその女性の顔をよく知っていた。漆黒の髪と明るい琥珀色の瞳を持つ女性。ルーリエタ。

彼女は唇を開き、どうしてそんなところに元王妃の肖像画があるのかロレンクに訊ねようとした。けれど、たとえ知っていたとしても、コスタンディンの忠実な秘書が理由を話してくれるとは思えない。それに、嫉妬をあらわにすることで己の尊厳を捨て、同情や軽蔑の目で見られる危険をおかすべきではない。

補佐官室を出たエメラルドは、朝食に出されたピスタチオ入りのヨーグルトを、上の空でぐるぐるかきまぜることしかできなかった。なぜこんなタイミングで、ルーリエタの肖像画を見つけてしまったのだろう。別れた王妃の姿を、王は懐かしい思いで見ていたのではないかという疑問がわいてくる。

彼女は窓の外を見つめた。明るい日差しのなかで咲き誇る薔薇が、彼女の気分をあざ笑っているように思えてきた。きっと、昨夜の彼は眠ったふりをしていたのだ。そして、彼女が眠りにつくのを待って、ベッドを出ていったに違いない。動揺が肌をちくちくさせ、喉が渇いてきた。これが彼の意図したことなのだろうか。今後も同じことをくり返すつもりなのかと混乱した。

掃き清められた階段を上りながら、彼女はこれからはじまる一日のために、ありとあらゆる娯楽が待っているのを自覚した。ここにいるのは、まるで究極の五つ星ホテルでの休暇のようだ。プールで泳いだり、美しい敷地内を歩き回って真新しいカメラで写真を撮ったり、誰かにプラヴェゼロ観光に連れていってもらうこともできたが、突然そのどれもが空虚に感じられた。この場所、この宮殿そのものを空虚に感じたように。まるで心臓が引きちぎられ、ぽっかりと穴が開いたような気がする。

ルーリエタが立ち去ったとき、コスタンディンは傷ついたに違いない。彼女とは便宜上の結婚だったと説明していたが、誰も彼を無理やり結婚させたわけではなかったはずだ。エメラルドのように、アレックという息子の存在が、コスタンディンのプロポーズを後押ししたわけではないのだ。おそらく彼は、かつての結婚生活のなかで美しい王妃を愛するようになったのだろう。エメラルドに対してしばしば冷ややかな態度をとり、昨夜までベッドに連れこもうとしなかったのは、きっとまだルーリエタに気持ちが残っているせいだと苦々しく思った。

　コスタンディンの部屋の前を通りすぎるとき、エメラルドの足取りは鈍くなった。周囲を見回したが、使用人の姿はない。彼女はドアの前で立ち止まった。今すぐこの場を立ち去るべきだと思いながらも、彼女の指は金色の取っ手にかかり、ドアを押し開けた。そして、そっと部屋のなかに入る。

　広い居間の雰囲気に慣れるまでの間、彼女はドアのすぐ内側に立っていた。室内は完全に静まり返り、すべての音は豪華なベルベットのカーテンと分厚い絨毯（じゅうたん）によってかき消された。全体的に赤を基調とした男性的な深い色遣いの部屋で、濃い木目の家具には精巧な彫刻が施され、片隅にはかなり厳めしい彫刻があった。自分が何を探しているのかよくわからないまま、居間から寝室へと歩きながら、彼女の心臓は猛烈な勢いで鼓動を刻んでいた。

　いいえ、本当は何を探しているかはわかっている。元王妃の痕跡だ。

　しかし、エメラルドは自分の恐怖の対象を何も見つけられなかった。実際、この暗く不気味な部屋には、ルーリエタの写真も肖像画もなければ、女性の影すらなかった。まるでコロネードクラブにある寝室の豪華版のように、生活感や魂が感じられない部屋でしかなかった。

「何をしている？」

突然、背後から氷のように冷たい声が響き、エメラルドは思わず振り向いた。コスタンディンが部屋に入ってくるのに気づかなかった彼女は、彼の目に静かな怒りを感じて恐怖を覚えた。これほど早く議事会場から戻ってくるとは思ってもいなかった。宮殿に滞在する以上、暗黙のルールというものがある。たとえ王に求婚されたとしても、招待なしに彼の私室に入ることは許されない。自分の立場をわきまえ、国王の偉業に感嘆し、国王や側近の提案に従わなければならなかった。

「もう一度訊く。ここで何をしている？」

エメラルドは、怯むことなく彼の目をまっすぐに見つめた。おそらくこれは、他の方法でははじめることができなかった会話だったのかもしれない。なぜなら、適切なときに切り出さないかぎり、彼は聞いてもくれなかっただろうからだ。だからこそ、この部屋のカーテンの色が見たかったなどという軽口で、彼を侮辱するつもりはなかった。それに、たとえ彼の鋭い視線にそう感じさせられたとしても、現行犯で捕まった泥棒のように振る舞うつもりもなかった。

「あなたの寝室を見たかったの」

「そうか、もうじゅうぶんに見たな」

「それだけ？」彼女は両手を拳に握った。「どうして理由を訊かないの？　それとも、わたしがすることに興味がないだけ？　そうよね、興味がないのはわかってる。だけど、それなら何も変わらないわ！」

コスタンディンは決戦が近づいていることを感じて緊張した。自分が育った環境をあまりにも思い出させる醜いやり取りは大嫌いだったが、二人の間に存在するわだかまりをすっきりさせるいい機会かもしれない。そして彼女に、境界線とは絶対に越えてはならないものなのだと理解させるのだ。

「話してくれても構わない。それで、きみの気がすむというのなら」

レモン色のドレスの脇で、エメラルドは拳を握った。「あなたはときどき、自分がどれほど恩着せがましい態度をとるかわかっているの？　わたしはただ……」彼女は大きく息を吸いこんだ。「あなたが寝室にルーリエタの祭壇のようなものを作っているのかどうが、それが昨夜わたしをここに連れてきたくなかった理由なのかどうかを確かめたかったのよ」

「ルーリエタの祭壇？」コスタンディンは眉をひそめたが、その声に含まれる戸惑いは本物に聞こえた。「なぜぼくがそんなものを？」

「あなたの執務室の机に、彼女の肖像画が置いてあったからよ」

彼の口元がこわばった。「あれは彼女のお気に入りの肖像画のひとつで、返してほしいと言われているんだ」

「……まあ」

「しかし、ぼくの行動をきみに説明する必要はない、エメラルド。そして、そうするつもりもないし、本来ならきみに答える必要もなかった」

エメラルドは、言葉が出てこなかった。世界が一瞬ぼやけ、焦点が合うとまるで別の場所のように見えた。「もしあなたの発言の傲慢さを見逃す覚悟ができたとしても、わたしたちの結婚生活はうまくいかないと思う」彼女は震える息を吸いこんだ。「わたしはあなたを理解しようと努力してきたのよ、コスタンディン。本当にそうしたの。だって、あなたには辛い過去があっただけに、個人的なことをあまり口にできなかったでしょうから。でもあなたは、他の人に対してよりは、ずっと多くのことをわたしに話してくれたと思うの」

「それなら、何が不満なんだ？」彼が詰問した。

「わたしとの関係は一夜かぎりで終わるはずだったのに、あなたは正しいことをしようとしてくれているわ。そのことには、とても感謝している。わたしはこの国にアレックとともに来て、結婚生活を送ろうと考えていたけど……」彼女は大きく息を吸った。「わたしを心のなかから締め出すような男性と、一緒に暮らせるとは思えない」

「昨夜、ぼくがきみを締め出したとでも言うのか？あれだけ燃え上がったのに？」

「セックスの話をしているんじゃないの。あなたはわたしと一夜をともにしてないわ。今朝起きたとき、あなたはベッドにいなかったから。でも、驚くべきことではなかったけど」エメラルドが窓のほうへ歩いていくと、レモン色のドレスが風のようにひるがえった。「あなたは国王で、使用人たちにゴシップを提供したくなかったのよね。今のわたしは、あなたにとってなんでもない存在なのだから」彼女は一瞬ためらいを見せた。「それで、あなたがわたしと朝まで過ごさなかったのは、わたしたちが結婚していないから？　もし結婚すれば、それは変わるの？」

コスタンディンは緊張した。質問を口にしたあとのエメラルドが、沈黙したからだ。答えを待つ彼女はとても無防備に見え、彼の心は理解できない感情で痛みはじめた。彼女の瞳に宿る希望の輝きに気づいたものの、彼は心を通わせるような付き合い方をするつもりはなかった。過去も、今も、そしてこれからも。女性たちはいつも、彼の頭のなかに入りこもうとし、ばらばらにしようと試み、残りの人生もそうすべく狙っている。コスタンディンは、そんな力をエメラルドに与えるつもりはなかった。

「残念ながら、変えることはない」彼は事実を簡潔に伝えるため、最終的にはこう言った。「きみは明らかに王室の生活についてほとんど知らない。だから、説明してあげよう」

「また恩着せがましい態度をとるつもり？」

「寝室が別々であるのは、君主としては珍しいことではない」彼は穏やかに続けた。「それに、四六時中一緒にいないほうが、互いに対してつねに新鮮な気持ちでいられるはずだ。結婚生活の利点だと思わないか？　心配しなくてもいい、エメラルド。すぐに慣れる」

「まただわ！　わたしを心から締め出そうとしている。互いに対して新鮮な気持ちでいられるですって？　そんなの言い訳でしかないわ。ただ単に、あなたは親密さそのものを避けようとしているだけよ。わたしが何を言うか聞きたくなくて、昨夜は寝たふりをしていたんでしょう？　わたしが愛情をこめた言葉をつぶやきはじめるなど、あってはならないのよね」

「それ以上、何も言うな！」嚙みつくように彼は返した。

「いいえ、黙らないわ。正直言って、わたしは戸惑っているの。ときどき、あなたはわたしに対して本当に怒っていると思えるけど、その理由がわからない。それはどうして？　わたしは何か悪いことをした？　息子がいることを黙っていた理由は、すべて説明したでしょう？　わたしが平民なのが不満なの？　それとも、わたしが偉大さや権力の象徴としてではなく、一人の人間としてあなたに話しかけるから？」

コスタンディンの唇からゆっくりと息がもれた。エメラルドが彼を本当に理解したいのなら、正直に話す必要があるのかもしれない。それを聞けば、なぜコスタンディンが彼女が望むような男になれないのかを受け入れるのに役立つだろう。

「きみがあの子をぼくの人生に引き入れなければ、ぼくはもうソフナンティスの王ではなかった」彼は怒りとともに口にした。

「何を言っているのかわからないわ」

彼は苛立ちのまま首を左右に振った。「望んでもいなかった王位に就いたとき、ぼくはそれを、父と兄が国に与えたダメージを修復するために必要な、試練だと考えた」

「あなたはとてもすばらしい仕事をしてきたわ。ソフナンティスは好景気だし、国民は明らかにあなたを愛している」

なだめるような彼女の言葉を、彼は聞き流した。

「しかし、王であることに対するぼくの気持ちは変わらなかった」彼は容赦なく続けた。「たとえ即位しようと、ぼくにとって王位は望まぬ重荷でしかない。だから、ソフナンティスが経済的に回復したとき、ぼくは自分の未来を変える決意をした。離婚したぼくに再婚するつもりはなかったし、子どもを持つつもりもなかった。それこそが、ぼくにとって、最大の自由に感じられたんだ」

「まだ理解できないのだけど」

「本当にわからないのか？　考えてみるんだ、エメラルド」彼は苦笑いをした。「王には跡継ぎが必要だが、ぼくは子どもを持つつもりはなかった。だから、子どもができないという理由でいとこのナミクに王位を譲り、退位するつもりでいたんだ。彼は王位継承権を持っており、従順で賢い男で、妻と幼い息子がいる。彼は王という役割に完璧だっただろう。今でもそう思う。しかし、それはもうありえない。ある日、きみがぼくの人生に入ってきてアレックのことを話したせいで、ぼくの世界は一変した。アレックは正統な継承者であり、もしぼくが退位すれば、彼は生まれながらの権利を失うことになる。それだけでなく、継承者がいるにもかかわらず個人的な理由で退位すれば、君主制が弱体化することになり、ぼくの良心がそれを許さない。きみにも、もうわかったろう?」

「ええ、わかったわ」彼女はゆっくりと言った。「でも、どうして王であることをそんなにいやがるの? あなたは国王として、とても優秀なのに」

彼は苛立ったように首を振った。「なぜなら、金メッキの鎖に縛られ、自由がまったくないからだ! どこへ行くときも人々の視線にさらされ、誰もがぼくの言葉に耳を傾け、ぼくが何を言おうと従順な犬のようにうなずくだけだ」彼は目を細めた。「もちろん、きみだけは違う」彼は反射的に付け加えた。「きみはつねに……従順とはほど遠い」

「そして、あなたの言う、金メッキの鎖に縛られた自由のない生活……」エメラルドは眉をひそめた。「そんな生活を、わたしたちの息子に望むの?」

「息子には選択肢を与える必要がある」コスタンディンは主張した。「アレックには、偉大な国と莫大な富を受け継ぐことができると、知る権利がある。エメラルド、ぼくたちはそれを隠し通すことはできない。彼が将来についてどう考えるか、今の段階では誰にもわからない。彼がそれを気に入る可能性だってある」

「そうね」エメラルドは不安な気持ちで答えた。彼が今話してくれたことを整理しようとして、彼女は思考を巡らせた。多くのことが理解できた。真っ赤な欲望の下でくすぶっていた彼の恨みと怒りが、何度も彼女を遠ざけていたのだ。けれど、少なくとも彼は彼女に対して正直でいる。そして彼女も、同様の誠実さを返す義務があるだろう。

エメラルドは、彼を形作ったライフスタイルや環境について考えた。彼を愛したことのない不実な母親。弱い父親と依存症の兄。コスタンディンが自分の過去について話したとき、彼の顔に苦悶の表情を見た。そんな彼が、自分の家庭を築こうとしなかったのは当然だろう。彼は厳しさや怒りを見せるときもあるが、同時に勇敢でもあり、強さも兼ね備えている。彼は王冠など欲しくはなかったが、国のために即位すると決意した。そして今、彼は息子のために王冠を被りつづけようとしているのだ。

もし彼に警戒心を解く方法を教えることさえできれば、感情的な変化も可能だと示せるのではないだろうか。それには、彼女がプライドを捨て、彼に本当の気持ちを打ち明けられるほど強くならなければいけない。母親に一度も愛されなかった男性が愛されていると実感すれば、自分にもなんらかの価値があると思えるようになるかもしれないからだ。

エメラルドは咳払いをした。「あなたに会ったとき、わたしはヴァージンだった。その理由は、わたしの母が男性は悪いものだから信用してはいけないと、ずっとわたしとルビーに言いつづけたからよ」

彼女は肩をすくめた。「母に刷りこまれた教えは、まるで洗脳のように消えることはなかった。だからいつも、わたしは男性には本当に気をつけていたの。デートに出かけたこともほとんどなかったし、出かけたとしても信じられないほど退屈な相手とだった。たぶんわたしは無意識のうちに、危険なことをする男性よりも退屈な男性を選んでいたんだと思う。あなたに会うまでは」

「そしてぼくは、危険だった？」彼は滑らかな口調で訊ねた。

「ええ、とても」彼女は笑った。「今のあなたの表情から、何を考えているのかがわかるわ。出会ったとき、あなたが王子だから、わたしが欲しがったのだと思ったのね。女性があなたを欲しがるのは、あなたがお金持ちで王族だから。あなたの知性や機知、セクシーな体や信じられないくらいすてきな青い目とはなんの関係もないのだと。だけど、あなたは高い地位にいるにもかかわらず、わたしたちが対等であるかのように感じさせてくれた。男性と話すのがこれほど簡単だとは思わなかったし、同時にその人を好きになるのも簡単だと思わなかった。あなたがわたしたちに未来はないとはっきり言ったとき、わたしはいやでもそれを受け入れるしかなかった。それなのに、わたしはあなたのことを考えるのをやめなかった。息子のなかにあなたの面影を毎日見ているのに、どうして忘れられるというの？」

コスタンディンの口元はこわばり、青い目は冷たくこちらを見つめている。「エメラルド、なぜそんなことをぼくに話すんだ」

内心を吐露したことに対する彼の反応に傷つけられたにもかかわらず、エメラルドは目に涙を浮かべながらも毅然とした態度でいなければならなかった。すべての言葉を本気で言っていることを示すため、彼を愛しているのだと信じてもらうために。彼女の鼓動は高鳴った。心の底で、彼女はずっと彼を愛しつづけてきた。どうして愛さずにいられようか。そして、コスタンディンが彼女に対して同じように感じていないからといって、それは永遠に変わらないわけではない。なぜなら、希望こそが愛の基盤なのだから。

「もしわたしが、わたしたちは家族として幸せになれるはずだと言ったらどう思う？」エメラルドはためらいとともに言った。「もしあなたが、自分と幸せの間に多くの障壁を築くのをやめて、わたしたちを、それにあなた自身を信頼できるようになれば、絶対よ。アレックは愛情豊かな男の子で、その愛情を父親に注ぐことができるわ。それがどんなにすばらしいことか考えてみて、コスタンディン。愛はあなたに自由を与えてくれる。わたしたち家族は、あなたを取り巻くすべての煩わしさから逃れられる、本当に安全な避難所になるのよ」

「それは少し空想的じゃないか？」彼は冷たく答えた。「ぼくたちの未来の可能性は現実的なものにとどめておこう。ぼくはアレックにとって、できるかぎりいい父親になれるようベストを尽くすつもりだ。もしぼくが何か間違えば、きみが忌憚なく指摘してくれるだろうからね」彼はユーモアを交えながら唇を歪ませたが、すぐに無表情になった。「きみには、献身、尊敬、そして忠誠を捧げることができる。それでじゅうぶんと思わないか？　率直に言って、ぼくにはそれしか与えられないのだから」

エメラルドは、彼がなんとか歩み寄ろうとしているのを感じた。もしそれが自分だけのことであったなら、時間が経てば彼の厳格な態度が和らぐかもしれないと期待して、彼の条件を受け入れたかもしれない。けれど、これは彼女だけの問題ではない。息子のことを第一に考えなければならないのだ。だからこそ、〝愛〟という言葉が小石のように喉に引っかかっていても、こう返すしかなかった。

「ごめんなさい、コスタンディン。でも、わたしにとって、それだけではじゅうぶんじゃないの。感情や愛が存在しないような、期限つきの契約結婚は望んでいないから」

「恋愛することを求めているのか、エメラルド？」彼は嘲笑するように言った。「そういうことなのか？」

失望感で胸がいっぱいになり、エメラルドはその瞬間、彼の勘のよさと残酷さを憎んだ。もちろん、彼女は恋愛することを望んでいる。しかし、それをコスタンディンに伝えるほど愚かではなかった。彼に心をずたずたに引き裂かれたかもしれないが、自尊心まで破壊されるつもりはなかった。

「恋愛を期待していたら、そもそもあなたと寝たりしなかったわ！」彼女は断言した。「あなたは王族だということで、他人を気遣わなくてもいいと思っているのかもしれない。あなたの場合、何を許容するか、何を許容しないかというのを、ただ口にすればいいだけなのだから。わたしたちが初めてベッドをともにしたときでさえそうだったわ。でも、少なくともあのときは、朝まで一緒にいてくれたけど」

彼女はしだいにぼやけていく絹織りの絨毯の模様を見つめて一、二度目を瞬かせると、ふたたび視線を上げた。その瞬間には、声を震わせることなく話せるほど落ち着いていた。「だけど、ようやく気づくことができたわ。感情が絡まないようなあなたの申し出を断ることは、息子に対する義務というだけでなく、わたし自身に対する義務でもあるということを。だって、息子とわたしには、こんなもの以上の価値があるのだから」

「こんなもの、い、以上？」

「ええ、そうよ。この派手なだけの、空っぽの宮殿よ！」彼女は乱暴に手を振った。「わたしは、アレックが間違ったことをしたり言ったりしないように、卵の殻の上を爪先で歩くような環境で育ってほしくないの。ノーサンバーランド州エンブルトンにある小さな家には財産などないかもしれないけれど、愛情があふれていて、自分の気持ちを表現することを恐れる必要はない」

エメラルドは大きく息を吐き出した。「あなたがアレックと会うことは止めないわ、コスタンディン。実際、それが正しいことなのだから。でも、今のわたしはただここを出たいだけ。イングランドに帰りたい。この雰囲気のなかに身を置くのは耐えられない」

涙の痕が消えていることを祈りながら、彼女は彼の視線を受け止めた。「できるだけ早く家に帰らせて。お願いよ、コスタンディン」

14

　コスタンディンは、ギャラリーのなかを歩き回りながら、深く考えに沈みこんでいた。

　ありえない！

　よくもあんなことを。

　エメラルドは、彼に対する不満の数々を列挙し、飛行機を用意させ、一刻も早くイングランドに送るよう要求した。エメラルド・ベイカーは、まるで自分が王族で、彼がその下僕であるかのように振る舞ったのだ！

　プラヴェゼロ空港から出発する定期便を朝まで待たなければならないと言うこともできた。彼女が彼を罰したように、彼女を罰することもできただろう。

　しかし最終的には、この耐えがたい状況を必要以上に長引かせてはならないと判断し、プライベートジェットを用意することにした。

「陛下？」

　ギャラリーのドアが開いて声をかけられると、コスタンディンは苛立って顔を上げた。「何か用か、ロレンク？」

「ミス・ベイカーが空港に向かわれるところです。なので……」秘書は礼儀正しく咳払いをした。「陛下は彼女に別れを告げるおつもりですか？」

「そうするつもりはない。ぼくには仕事がある」

　しかし、秘書が立ち去ると、コスタンディンの足は無意識に窓のほうに向かった。とはいえ、彼は細心の注意を払い、重いカーテンの後ろに立って自分の姿が見えないようにした。そして彼は、エメラルドが大理石の短い階段を下りる姿を見て顔をしかめた。彼女は到着したときと同じジーンズを穿き、ノートパソコンの入ったバッグと、かなりぼろぼろの小さなスーツケースを運んでいた。なぜ使用人たちは、彼女に代わって荷物を運ばないのだろう。なぜ誰かが彼女にきちんとしたスーツケースを提供しなかったのか。それにスーツケースの大きさからして、彼女はここに来てから手に入れた高価で最新のワードローブを部屋に置き去りにしたとしか思えない。

そのとき彼女は、まるで見られているのを感じたかのように顔を上げたが、表情を見ることはできなかった。コスタンディンは、彼女の金色の髪に太陽の光が反射するのを見て、胸のあたりに痛みを感じた。しかし、彼が全身全霊で闘っているものに対する永続的な痛みよりも、別れの短い痛みのほうがずっとましに感じられた。彼は混乱した思考を整理し、これからどうするべきかと考えながら、気が散るような彼女の姿から目をそむけた。考慮することはたくさんある。まず第一にアレックとの関係だが、専門の者に相談するのが最善かもしれない。

その後、数日が過ぎても、彼の頭のなかの葛藤がおさまる気配はなかった。彼は忙しいスケジュールをこなし、ビジネス使節団との会議やレセプション、夕食会などで気を紛らわそうとした。また、山積みにされた公的書類に取り組んでいるときには文字が踊ったりぼやけたりして、自分のなかにフラストレーションが溜まっていくのを感じていた。どう頑張っても、エメラルドを頭から追い出せそうにない。

ペンを置きながら、彼は重いため息をついた。エメラルドはアレックのために最善を尽くそうとした。金も権力も社会的地位も望まず、求めていたのは誠実さと感情だけで、彼はそれを提供する気がなく、また提供することもできなかった。少なくとも、コスタンディンはエメラルド自身と彼女の要求から解放されたのだ。ほっとすべきなのに、なぜこんなにも空虚な気分になっているのだろう。

彼の思考はドアを軽く叩く音によって中断された。彼が返事をすると、写真のようなものを持ったロレンクが執務室に入ってきた。

「それはなんだ？」

秘書は慎重に彼の机に写真を置いた。「陛下、この写真をマラバンへの視察旅行についてのプレス発表に使わせていただけませんか？」

コスタンディンは、そんな決断は王のすることではないと言い返したくなったが、モノクロの写真に目をやり、それがエメラルドが撮ったものと気づいて胸の鼓動が速まった。アレックを撮った写真を見たときから彼女の才能を認めていたが、自分が被写体になった写真をちゃんと見るのは初めてだ。彼は大きく息をのんだ。なぜなら、写っていたのは、まるで自分ではないみたいな人物だったからだ。フォーマルな肖像画に見られるような、厳しく、ときに威圧的な表情はどこにもなかった。彼の唇は、笑いがこみ上げてくるのを抑えるのに失敗したかのように柔らかなカーブを描き、目つきは驚くほど優しいものだった。

まるで、嬉しくなるような何かを見ているみたいだ。あるいは誰かを。

そうだった。これを撮られたときの彼は、エメラルドを見ていたのだ。彼を本当に微笑ませてくれた唯一の女性を。

彼は立ち上がると、咲き誇る薔薇を見るために開いたフランス窓へと近づいた。すると、庭からはうっとりするような香りが漂ってきて、自分のなかの抵抗する気持ちが崩れていくのを感じた。エメラルドがここに滞在していたときと今では、宮殿の雰囲気があまりにも違う。エメラルドがいたときの彼は、この強大な城塞を冷たい記念碑のようには感じず、望んでいなかった地位の象徴のようにも感じなかった。そして、自分が生きているのを実感したのだ。

のだと、ようやく気づくことができた。エメラルドの好奇心旺盛なところや頑固な態度に苛立つこともあったが、そんな彼女にはつねに興味をそそられた。彼女の冷静な問いかけに、彼はこれまでしたことのない方法で自分自身を見つめ直した。そして、彼女がさらけ出してくれた闇と向き合うほうが、それをふたたび埋めて腐らせてしまうよりもいいのではないかと思えてきた。

彼が感情のない要求を突きつけても、エメラルドは怯まなかった。決して彼を愛してはいけない、本当の親密さを期待してはいけない、と伝えた。それに彼は、妻と息子に生活様式を合わせることなく、二人が彼に適応することを期待した。コスタンディンは彼女に結婚を申し込んだが、それは本当の結婚などではなかったのだ。

長い眠りから覚めた人のように頭をくらくらさせながら、彼は太陽の光から目をそむけた。

「座ってくれ、ロレンク」彼はゆっくりと言った。「計画を立てるのを手伝ってほしい」

エメラルドは朝からずっとそうしていたように、またもや腕時計をちらりと見た。いつも小規模な仕事をしていると、今日みたいに大きい仕事が重なるのは珍しい。彼女の双子の妹は、有名なサッカー選手が自身のルーツを再訪するというイベントのために、ニューカッスルの高級ホテルまで地元の伝統的なケーキを大量に届けに行った。一方エメラルドは、ビーチカフェを貸し切りにしたいという依頼の準備中だ。

準備中とはいっても、エメラルドは参加者の人数すら知らない。依頼主は、ロンドン中心部に住むという上品な話し方をする女性だが、その女性は前金で支払ってくれたものの、依頼内容を積極的に話してくれなかったからだ。用意を頼まれた食べ物は、いちご、パッションフルーツ、それに生クリームだけだったので、エメラルドひとりだけでも用意することができた。酒と花は依頼主が手配するとのことだった。

エメラルドはあたりを見回しながらまばたきをした。店内には、すでに豪華な花が飾られている。それらは先ほど、高級生花店のバンで運ばれてきたものだ。深い深紅の薔薇が幾重にも重なり、その豊かな香りが店内の空気を満たしていた。何十本もの薔薇は、精巧なクリスタルの花瓶に生けられて持ってこられた。そうしてもらわなければ、薔薇はジャムの瓶に飾られる運命にあっただろう。

依頼の報酬の高さに興奮すべきだろうが、今、彼女の頭にあるのは、コスタンディンを恋しく思う気持ちだけだ。いくら彼の傲慢さや感情的な面での問題に目を向けても、心のひどい痛みを和らげることができなかった。そして、アレックに旅行のことを訊かれても、なんと返せばいいかわからず、はぐらかしてばかりだった。

〝ごめんなさい、アレック。あなたの父親との結婚を拒んだのは、わたしが彼を愛しているのと同じように、彼もわたしを愛してくれないからよ〟まさか、そんなふうに正直に伝えられるわけがない。

立ち去ったときは完璧に理にかなっているように思えたことが、今では完全に利己的な行為のように思えるときもある。けれどそれは、単に彼のところに戻りたいだけだからだろうか。でも、戻ったとしても、どうにかなるわけではない。待っているのは、十三年間の契約結婚だけなのだから。

店の窓から近づいてくる車が見えた瞬間、彼女はフリルのついたエプロンを整え、歓迎の笑みを浮かべた。けれど、高級車から降りる背の高い人物の姿を見て、唇から笑みが消えた。色あせたジーンズに、黒檀（こくたん）のような髪の輝きとマッチしたＴシャツを着た彼は、とても一国の王には見えなかった。幻覚でも見ているのだろうかと、彼女は目をしばたたかせた。店に入りドアを閉めた彼の強烈な存在感に、彼女の感覚は打ちのめされ、理性的な分析は不可能になった。

「コスタンディン」彼女の声は、望んでいるほど穏やかなものにはならなかった。「いったいここで何をしているの？」

コスタンディンは店に入ると、エメラルドと向き合った。彼女の細めた目から彼に向ける冷ややかなまなざしは、歓迎しているようには見えなかった。

彼はいつも雄弁だし明瞭な態度で有名な男だったが、生まれて初めて言葉が喉に接着剤で貼りつけられたかのように出てこなかった。というのも、今まで一度も口にしてこなかったことをどう表現すればいいかわからないからだ。彼は大きく息を吸いこんだ。「ぼくがここに来たのは、きみに戻ってきてほしいからだ」

彼女は眉をひそめた。「それは国王命令なの？」

「そんなことをするわけがない！」彼は絶望的な気持ちを抑えられずに言った。

彼が見つめているなか、エメラルドは額に手のひらをあてた。「そうだったのね！」彼女は叫んだ。「店を貸し切りにした謎の客の正体が、ようやくわかったわ。ずいぶん極端なことをするのね。あなたが電話してくれれば、わたしは面会に同意したわ」

「でも、ぼくは予定された面会なんかではいやだった。きみを驚かせたかったんだ」

「確かに驚かされたわ」彼女は彼に反抗的なまなざしを向けた。「問題は、なんでこんなことをしたかよ」

「ぼくがきみに対し、なんの愛情表現も見せていなかったと、きみは気づかせてくれた。これはその埋め合わせなんだ」

「それはわかったわ」彼女は苛立ったように答えた。「でも、あなたはまだここに来た本当の理由を話していない」

彼女は理由を聞くまで、追及をあきらめないだろうと彼は悟った。ここまで来たのだから、素直になるべきかもしれない。「きみが必要だからだ、エメラルド。だからぼくは、こうして訪ねてきたんだ」

そこまで伝えたというのに納得できないのか、彼女の顔に笑みは浮かばない。「はっきりさせておくわね、コスタンディン。あなたが必要としているのは、わたしではない」声がわずかに震えているのを否定するかのように、彼女は首を左右に振った。「あなたが必要としているのは息子であり、継承者よ。わたしに対して、それに自分の気持ちにも正直になってほしいの。アレックに会わせると言ったのは本心よ。でも、アレックを継承者にするためにソフナンティスに行くつもりはないわ。悪いけど、それはできない。どうしても無理なの」

「継承問題は関係ない」彼は深々と息を吐いた。「すべてはきみと、きみに対するぼくの気持ちの問題だ。ぼくがあまりに愚かで、あまりに頑固で、今までそれを認められなかっただけなんだ」彼が話している間、彼女は首を左右に振りつづけた。たとえ質問したのが彼女のほうであっても、まるで彼の説明をさえぎりたいかのような素振りだった。「きみは以前、ぼくを忘れることができないと言った。ぼくもきみを忘れたことはない。一緒に過ごした最初の夜から、きみのことが頭から離れなかった」彼は口元をこわばらせた。「きみはぼくの寝室に前妻の祭壇があるかどうかを知りたがった。だが、彼女はあの部屋で眠ったことなどないのに、どうしてそんなものが存在するんだ？」

「ええ、それはもう説明してもらったわ」彼女は退屈そうに言った。「寝室が別々であるのは、君主として珍しいことではないのよね」

「違う、そういうことを言っているんじゃない。ぼくとルーリエタの間に性交渉はなく、結婚は不成立として解消されたんだ。もっとも、予定していた便宜結婚の期間よりはだいぶ長くなってしまったが、それは彼女の父親の余命が思ったよりも長くなったからだ」彼は大きく見開かれた目を見つめながら間を置き、最大限のインパクトを与えるために、ゆっくりと、そして非常に慎重に言葉を発した。「六年前のロンドンの夜以来、セックスした女性はきみだけだ」

「……あなたを信じていいか、わからないわ」そう答えた彼女の頬は、ピンク色に染まっていた。

「信じてくれ。本当のことだ」

「でも、ルーリエタはとても美しいのに」

「それがどうした？　男がいつも本能に支配されているとでも思っているのか？　ルーリエタは兄の婚約者であり、彼女と親密になることを考えるのは間違っていると感じたんだ。念のために言っておくが、彼女もぼくに好意を抱いていなかった。それに、ぼくはきみに出会っていた。エメラルド、きみはぼくを魅了し、きみにかけられた魔法は決して色あせることはなかった。退位が正式に決まりさえすれば、まだあのクラブで働いているかはわからなかったが、きみを捜しに行くつもりだった。大使館を丸ごと自由に使えるのに、なぜあそこでパーティーを開いたと思う？」彼は一瞬、言葉を止めた。「そして、きみはあそこにいた」

「わかったわ。こういうことね」彼女の声は奇妙な調子だった。「わたしを忘れるために、わたしとセックスしたかったのね。そうすれば、あなたはまた新たな女性と出会うために前進できるから」

「たぶんそうなると思ったのかもしれないが、今となってはよくわからない」彼は彼女が唇を噛むのを見た。「エメラルド、きみは正直であることを求めた。ぼくはそれをきみに与えよう。あの夜、きみが大使館に来てくれたとき……」喉が塞がれたように息苦しくなった。「それは、ぼくがくり返し抱いていた空想の集大成のようだった。ずっと頭から追い出せなかった女性との、甘美な一夜。でも、そのあときみは、アレックのことをぼくに話した。隠された継承者の存在は、きみに不信感を抱く理由を与えてくれた。そして、不信感を持つことこそが自分の身や心を守るのだと思い、ぼくはそうした。それはぼくにとって快適な状況だったし、真実を見つめるよりも遥かに簡単だった」

「真実を見つめる?」エメラルドが静かに訊ねた。「どういうこと?」

「……きみを愛しているという真実だ」

エメラルドは、彼の言葉を頭のなかでくり返した。何かを待ち望みながらそれが現実になると、恐怖で麻痺してしまうというのは奇妙でしかない。まだ夢を見ているのかもしれない。まるで現実ではないかのように感じられる。「それで、わたしたちはどうなるの？」

「契約結婚はしたくない。本当の結婚がしたい。死が二人を分かつまで。でも、きみがどう思っているかはわからない」

エメラルドは、コスタンディンの視線をまっすぐに受け止めた。彼のサファイアの瞳から放たれる誠意は、本物でなければありえないほど強烈だった。しかし、彼女は確信する必要があった。自分を守る必要があった。そして皮肉なことに、彼女にできる唯一の方法は、心を開いて彼に自分の気持ちを打ち明けることだけだった。本当の気持ちを。

「わたしもあなたを愛しているわ」言葉がゆっくりと唇からこぼれ出た。「ずっとそうだったの。あなたを忘れようとあらゆる手を尽くしたけれど無理だった。あなたが最もよそよそしく、不愉快だったときでさえ、わたしはあなたを愛することをやめなかった」彼の腕のなかに引き寄せられると、彼女は続けた。「ああ、ようやく言えてほっとしたわ」

「ぼくも、それを聞いてほっとしたよ」そう言った彼の声は、面白がるような深い響きを帯びていた。

「もちろん、きみの気持ちには気づいていたけどね」

「あなたって傲慢ね、コスタンディン」

「そうかもしれない」彼は認めた。

「一年後のわたしの気持ちは、どうなるかわからないわよ」

それ以上、エメラルドが何か言う前に、彼の唇が重ねられた。長く、激しく、とても深いキスになった。独占欲の刻印でありながら、彼女の琴線に触れる、優しさに裏打ちされたキスだった。ようやく唇が離れたとき、彼女には彼の目が自分の目と同じように輝いているのがわかった。

「ああ、コスタンディン」彼女は優しく言った。

「エメラルド、きみの望みを教えてくれ。ぼくはきみが望むものを全力を尽くして与えたい」

彼女は彼にものを与えられることなど望んでいなかった。宮殿や飛行機、ダイヤモンドも欲しくない。答えはとてもシンプルだ。呼吸をするのと同じくらいに。

「あなたよ」彼女は言った。「わたしが欲しいのはそれだけよ、コスタンディン。あなただけ」

エピローグ

「パパ、別のお話も読んで」

今にも閉じそうな一対の目が上を向き、コスタンディンは睡魔と闘っている少年の視線を受け止めた。

「今夜はもうおしまいだ」彼は優しく言い、少年の頭にキスをした。「今日は忙しかったし、明日はもっと忙しくなる」

アレックはあくびをした。「またシュノーケリングに行ける?」

「もちろんだ」

「亀に会えるかな?」

「たぶんね。さあ、もう寝るんだ。これからぼくは、ママとディナーだ」

「パパ、ママはバースデーケーキを気に入ってくれたかな?」アレックは眠そうにつぶやいた。「前にもケーキを作ったことはある?」

「ないよ」コスタンディンは笑顔で言った。「だから、あんな変なかたちになったんだ」

もう一度アレックの額にキスをして立ち上がったときには、すでに少年は眠っていた。コスタンディンは息子の小さな胸が上下するのを眺めてから、テラスを横切って入り江を見渡せる小さな別棟へと向かった。去年と同じように彼らは夏の別荘で長い休暇を過ごし、コスタンディンは幸せを感じていた。彼が想像していた以上の幸せだった。

エメラルドは、コスタンディンの最初の結婚と比較したり、必要以上に華やかな儀式で息子を圧倒したりしたくないと言い、結婚式は控えめなものになった。ルーリエタからは祝福のメッセージが届き、彼らは深く感動した。これまでの生活から劇的な変化があったにもかかわらず、三人はすぐに至福のときを過ごすようになった。コスタンディンは息子との絆を深め、過去を悔やまず、そこから学ぼうと決めた。彼らは家族になったのだ。嘘と欺瞞に引き裂かれた家族ではなく、本当の家族に。

エメラルドは正しかった。愛によって彼らが結ばれたことで、コスタンディンを君主制に縛りつけていた金メッキの鎖は消え去ったように思えた。国王の立場はもはや重荷には感じられず、感情を持つことも重荷とは感じなくなった。愛する女性が彼に、感情を表に出してもいいのだと教えてくれたのだ。そして、二人は近代的な王室を築くことで、アレックができるだけ普通の家庭で育つように努めた。

彼は別棟のドアを開け、満足げに室内を見渡した。そしてエメラルドを待つためにソファに腰を下ろした。彼女の軽やかな足音が聞こえてきただけで、いつものように彼の心は躍った。

「コスタンディン？」

ドアを開けた彼女に名前を呼ばれても、彼は返事をしなかった。室内を見渡す彼女の髪がろうそくの炎の明かりを受けて輝き、美しい顔に喜びの表情が浮かんでいるのがわかった。

「これは何？」

「誕生日おめでとう、いとしい人」彼は優しく言ったあと、目を細めた。「ちょっとやりすぎだと思うか？」

やりすぎですって？　エメラルドは、部屋中に飾られた薔薇の豊かな香りを吸いこみながら、ぼんやりとそう思った。白いキャンドルがあちこちに置かれ、小さな光の点が薔薇のなかで無数の星のように輝いている。部屋のいちばん奥にはディナーのためのテーブルが設置され、エルダーフラワーのスパークリングウォーターが用意されていた。妊娠中の彼女のお気に入りのものだ。

コスタンディンの妻になると同意したときのこと、そしてそれ以来起こったすべてのことを思い出し、彼女は一瞬、言葉を詰まらせた。最近の彼は、もう恋愛感情を理解できない男性ではなかった。彼が思いやりのある夫であることは疑いようもなく、最もすばらしい父親でもあった。彼女は、夫が時間をかけて息子との絆を深めていく様子を注意深く見守り、その優しさを喜んだ。コスタンディンの感謝の気持ちと幸福感は誰の目にも明らかで、国民は彼をさらに慕うようになった。

三人は固い絆で結ばれ、アレックはプラヴェゼロのインターナショナルスクールで優秀な成績をおさめ、エメラルドはソフナンティスの国民に誇りに思ってもらえる方法を急速に学んでいった。語学も上達し、彼女が撮ったコスタンディンの写真は国内の各所で展示されて大好評を博し、写真集として出版もされた。彼女は自分の才能をよいことに使いたいと考えていた。国王が誇れる王妃になりたいのだ。

ジェシカはアメリカに帰国した。ロレンクはコスタンディンの秘書を辞し、アメリカでソフナンティス大使に就任した。今のところ、二人の交際の報告はない。

エメラルドの唯一の悲しみは、彼女の結婚と、アレックとエンブルトンを離れるという知らせに対するルビーの最初の反応だった。双子の妹は、どれほど純粋に喜んでいるかを話したあと、すぐに涙を流した。

「そうするのがいちばんいいことだとはわかっているの」ルビーは泣きじゃくった。「でも、あなたとアレックがいなくなるのは寂しいわ、エミー。心の底から」

そしてエメラルドも泣いた。最愛の妹に、ソフナンティスにはいつでも彼女の居場所があると告げ、彼女はアレックにとって第二の母親のような存在であり、二人が離れるのはつらいことだと話した。

エメラルドは顔を上げ、愛情のこもった瞳で見つめる夫の腕のなかに入っていった。「そうね。ほんの少しだけやりすぎかも」彼女は笑いながら言った。「いつもこんなにしてくれなくていいのよ」

「だけど、きみのために用意するのが好きなんだ」彼は彼女の鼻先にキスをし、頬に唇を滑らせた。

エメラルドは顎を上げると、彼の唇が首筋に近づきやすくした。「誤解しないでね。ロマンティックなことは大好きだけど、あなたがしてくれる他のことが何よりも大切なの。あなたがわたしを気遣い、アレックとともに幸せになるために全力を尽くしてくれること。それに、この妊娠期間中、わたしを大切にしてくれていることとかよ」

「最初の妊娠のときにその場にいられなかったから、埋め合わせをしたいんだ」

「わかっているわ」エメラルドは指先で彼の頬に触れた。あまりにも感情が昂（たかぶ）って、全身が破裂してしまうのではないかと思った。「それが、あなたを愛している理由のひとつだから」

「他の理由も教えてくれ」彼女の指先が体を下へとたどっていくなか、彼はつぶやいた。

「これかしら？」大胆にも、エメラルドがフォーマルなズボンを押し上げるものに手を伸ばすと、彼は喜悦の笑みを浮かべた。

二人ともこれ以上待つことができなくなって、コスタンディンは彼女をソファに運んで服を脱がせはじめた。銀色の月がソファナンティスの海上に高く昇るなか、彼は柔らかな肌の隅々までキスをした。

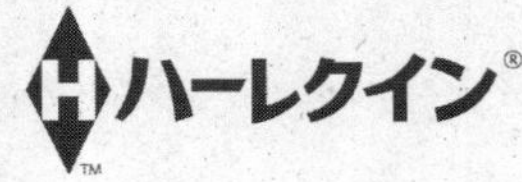

幼子は秘密の世継ぎ
2024年5月20日発行

著　者	シャロン・ケンドリック
訳　者	飯塚あい（いいづか　あい）
発行人	鈴木幸辰
発行所	株式会社ハーパーコリンズ・ジャパン 東京都千代田区大手町 1-5-1 電話 04-2951-2000（注文） 0570-008091（読者サービス係）
印刷・製本	大日本印刷株式会社 東京都新宿区市谷加賀町 1-1-1

ISBN978-4-596-54085-0 C0297

ハーレクイン・シリーズ 5月20日刊 発売中

ハーレクイン・ロマンス
愛の激しさを知る

幼子は秘密の世継ぎ	シャロン・ケンドリック／飯塚あい 訳	R-3873
王子が選んだ十年後の花嫁 《純潔のシンデレラ》	ジャッキー・アシェンデン／柚野木　菫 訳	R-3874
十万ドルの純潔 《伝説の名作選》	ジェニー・ルーカス／中野　恵 訳	R-3875
スペインから来た悪魔 《伝説の名作選》	シャンテル・ショー／山本翔子 訳	R-3876

ハーレクイン・イマージュ
ピュアな思いに満たされる

忘れ形見の名に愛をこめて	ブレンダ・ジャクソン／清水由貴子 訳	I-2803
神様からの処方箋 《至福の名作選》	キャロル・マリネッリ／大田朋子 訳	I-2804

ハーレクイン・マスターピース
世界に愛された作家たち
～永久不滅の銘作コレクション～

ひそやかな賭 《ベティ・ニールズ・コレクション》	ベティ・ニールズ／桃里留加 訳	MP-94

ハーレクイン・プレゼンツ作家シリーズ別冊
魅惑のテーマが光る
極上セレクション

大富豪と淑女	ダイアナ・パーマー／松村和紀子 訳	PB-385

ハーレクイン・スペシャル・アンソロジー
小さな愛のドラマを花束にして…

シンデレラの小さな恋 《スター作家傑作選》	ベティ・ニールズ 他／大島ともこ 他 訳	HPA-58

文庫サイズ作品のご案内

◆ハーレクイン文庫…………………毎月1日刊行
◆ハーレクインSP文庫……………毎月15日刊行
◆mirabooks……………………毎月15日刊行

※文庫コーナーでお求めください。

5月31日発売　ハーレクイン・シリーズ 6月5日刊

ハーレクイン・ロマンス
愛の激しさを知る

秘書が薬指についた嘘	マヤ・ブレイク／雪美月志音 訳	R-3877
名もなきシンデレラの秘密 《純潔のシンデレラ》	ケイトリン・クルーズ／児玉みずうみ 訳	R-3878
伯爵家の秘密 《伝説の名作選》	ミシェル・リード／有沢瞳子 訳	R-3879
身代わり花嫁のため息 《伝説の名作選》	メイシー・イエーツ／小河紅美 訳	R-3880

ハーレクイン・イマージュ
ピュアな思いに満たされる

捨てられた妻は記憶を失い	クリスティン・リマー／川合りりこ 訳	I-2805
秘密の愛し子と永遠の約束 《至福の名作選》	スーザン・メイアー／飛川あゆみ 訳	I-2806

ハーレクイン・マスターピース
世界に愛された作家たち
～永久不滅の銘作コレクション～

純愛の城 《特選ペニー・ジョーダン》	ペニー・ジョーダン／霜月　桂 訳	MP-9

ハーレクイン・ヒストリカル・スペシャル
華やかなりし時代へ誘う

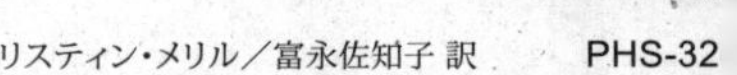

悪役公爵より愛をこめて	クリスティン・メリル／富永佐知子 訳	PHS-32
愛を守る者	スザーン・バークレー／平江まゆみ 訳	PHS-32

ハーレクイン・プレゼンツ作家シリーズ別冊
魅惑のテーマが光る
極上セレクション

あなたが気づくまで	アマンダ・ブラウニング／霜月　桂 訳	PB-3

※予告なく発売日・刊行タイトルが変更になる場合がございます。ご了承ください。

今月のハーレクイン文庫

5月刊 好評発売中!

Harlequin 45th Anniversary

帯は1年間"決め台詞"!

珠玉の名作本棚

「三つのお願い」
レベッカ・ウインターズ

苦学生のサマンサは清掃のアルバイト先で、実業家で大富豪のパーシアスと出逢う。彼は失態を演じた彼女に、昼間だけ彼の新妻を演じれば、夢を3つ叶えてやると言い…。

(初版:I-1238)

「無垢な公爵夫人」
シャンテル・ショー

父が職場の銀行で横領を? 赦しを乞いにグレースが頭取の公爵ハビエルを訪ねると、1年間彼の妻になるならという条件を出された。彼女は純潔を捧げる覚悟を決めて…。

(初版:R-2307)

「この恋、絶体絶命!」
ダイアナ・パーマー

12歳年上の上司デインに憧れる秘書のテス。怪我をして彼の家に泊まった夜、純潔を捧げたが、愛ゆえではないと冷たく突き放される。やがて妊娠に気づき…。

(初版:D-513)

「恋に落ちたシチリア」
シャロン・ケンドリック

エマは富豪ヴィンチェンツォと別居後、妊娠に気づき、密かに息子を産み育ててきたが、生活は困窮していた。養育費のため離婚を申し出ると、息子の存在に驚愕した夫は…。

(初版:R-2406)